CW01376267

LE RELAIS D'ALSACE

Georges Simenon, écrivain belge de langue française, est né à Liège en 1903. À seize ans, il devient journaliste à *La Gazette de Liège*. Son premier roman, signé sous le pseudonyme de Georges Sim, paraît en 1921 : *Au pont des Arches, petite histoire liégeoise*. En 1922, il s'installe à Paris et écrit des contes et des romans-feuilletons dans tous les genres. Près de deux cents romans parus entre 1923 et 1933, un bon millier de contes, et de très nombreux articles... En 1929, Simenon rédige son premier Maigret : *Pietr le Letton*. Lancé par les éditions Fayard en 1931, le commissaire Maigret devient vite un personnage très populaire. Simenon écrira en tout soixante-douze aventures de Maigret (ainsi que plusieurs recueils de nouvelles). Peu de temps après, Simenon commence à écrire ce qu'il appellera ses « romans-romans » ou ses « romans durs » : plus de cent dix titres, du *Relais d'Alsace* (1931) aux *Innocents* (1972). Parallèlement à cette activité littéraire foisonnante, il voyage beaucoup. À partir de 1972, il décide de cesser d'écrire. Il se consacre alors à ses vingt-deux *Dictées*, puis rédige ses gigantesques *Mémoires intimes* (1981). Simenon s'est éteint à Lausanne en 1989. Beaucoup de ses romans ont été adaptés au cinéma et à la télévision.

Paru dans Le Livre de Poche :

LES 13 COUPABLES
LES 13 ÉNIGMES
LES 13 MYSTÈRES
L'ÂNE ROUGE
LES ANNEAUX DE BICÊTRE
AU BOUT DU ROULEAU
LES AUTRES
BETTY
LA BOULE NOIRE
LA CHAMBRE BLEUE
LE CHAT
LES COMPLICES
LE COUP DE LUNE
CRIME IMPUNI
LA DISPARITION D'ODILE
EN CAS DE MALHEUR
L'ENTERREMENT DE MONSIEUR BOUVET
LES FANTÔMES DU CHAPELIER
FEUX ROUGES
LES FIANÇAILLES DE M. HIRE
LE FOND DE LA BOUTEILLE
LES FRÈRES RICO
LA FUITE DE MONSIEUR MONDE
LES GENS D'EN FACE
LE GRAND BOB
LA GUINGUETTE À DEUX SOUS
LE HAUT MAL
L'HOMME DE LONDRES
L'HORLOGER D'EVERTON
LES INNOCENTS
JE ME SOUVIENS
LA JUMENT PERDUE
LETTRE À MA MÈRE
LETTRE À MON JUGE
LA MAISON DU CANAL
MARIE QUI LOUCHE
MONSIEUR GALLET, DÉCÉDÉ
LA MORT DE BELLE
LA NEIGE ÉTAIT SALE
L'OURS EN PELUCHE
LE PASSAGE DE LA LIGNE
LE PASSAGER CLANDESTIN
LE PASSAGER DU POLARLYS
PEDIGREE
LE PETIT HOMME D'ARKHANGELSK
LE PETIT SAINT
LE PRÉSIDENT
LES QUATRE JOURS DU PAUVRE HOMME
LE RELAIS D'ALSACE
STRIP-TEASE
TANTE JEANNE
LE TRAIN
TROIS CHAMBRES À MANHATTAN
LA VIEILLE
LES VOLETS VERTS

GEORGES SIMENON

Le Relais d'Alsace

PRESSES DE LA CITÉ

© 1931, Georges Simenon limited (a Chorion company).
All rights reserved.

ISBN : 978-2-253-14301-7 – 1ʳᵉ publication LGF

1

Monsieur Serge

Gredel et Lena, les deux servantes si pareilles avec leurs cheveux ébouriffés et leur visage de poupée, dressaient les couverts sur six tables, les plus proches du comptoir, posaient sur la nappe à petits carreaux rouges les verres de couleur, à long pied, destinés au vin d'Alsace.

Accoudée à la caisse, Mme Keller chuchotait et son mari l'écoutait, debout, en se balançant un peu sur sa béquille. Ils employaient entre eux le patois alsacien.

— C'est bien entendu ?... Je lui parle ?... disait Mme Keller, qui tenait par habitude un crayon à la main.

Derrière elle, un judas permettait de passer les plats de la cuisine à la salle. Le chef y montra la tête.

— Vous n'avez pas d'allumettes ?

Elle en chercha dans le tiroir plein de pièces de monnaie. Son mari, pesant sur la béquille, fouilla ses poches, tendit une boîte.

Et Mme Keller l'ouvrit machinalement, aperçut, au-dessus des allumettes, une mèche de cheveux bruns serrée par un bout de cordon rose.

Nic Keller esquissait un sourire gêné. Elle soupira,

haussa les épaules, jeta les cheveux dans un seau à ordures qui se trouvait sous le comptoir et tendit les allumettes au chef.

— Ça va !... dit-elle, comme il voulait renouer la conversation.

Et cela signifiait qu'elle n'avait pas besoin de lui, qu'elle prendrait seule les décisions nécessaires, comme de coutume, qu'il n'avait pas d'explications à donner et qu'il pouvait aller conter fleurette aux gamines.

On entendit des pas dans l'escalier.

— Gredel ! Lena ! Arrangez la terrasse...

Les servantes de seize et dix-huit ans comprirent qu'elles étaient de trop. Quant à Nic Keller, il s'éloigna à petits coups de sa béquille sur le sol carrelé de jaune, gagna le fond de la salle, longue de seize mètres, s'assit près du phonographe qu'il commença à remonter.

Sur un claquement de doigts de sa femme, il mettait un disque au moment même où un homme débouchait de l'escalier, bâillait, regardait le ciel à travers les fenêtres en plein cintre garnies de géraniums et questionnait :

— Vous croyez qu'il y aura de l'orage, madame Keller ?

Le ton était familier ; les allures de l'homme étaient celles d'un habitué de la maison. Il était quatre heures de l'après-midi. Il venait de faire la sieste dans sa chambre et son visage en restait engourdi.

— Vous me donnerez un petit verre de mirabelle... L'autocar n'est pas encore passé ?...

Mme Keller le servit avec son affabilité coutumière et pourtant dans tous ses gestes on pouvait sentir une réticence. Nic Keller, en blouse blanche de cuisinier, regardait son phonographe d'un air ennuyé et, se servant de sa béquille comme d'une canne, dessinait par terre des traits mystérieux.

— Voici, monsieur Serge...

Il devait avoir cinquante ans. Il était grand et ses cheveux gris devenaient rares. C'est à peine s'il était empâté.

Après avoir bu une gorgée d'alcool, il fit quelques pas dans la salle, contempla un instant le coq de bruyère empaillé garnissant le mur du fond, puis l'aigle juché sur une branche artificielle au-dessus de la porte, puis une photographie de Nic Keller, au temps où il ne boitait pas, un pied posé sur un sanglier qu'il venait de tuer.

On devinait que toutes ces choses lui étaient chères. Il leur donnait une caresse de son regard et il finit par se planter devant une aquarelle représentant une mer très bleue, une côte rocheuse ornée d'un temple à colonnes.

— Savez-vous, madame Keller, que c'est un coin de l'île de Rhodes ?

Elle s'obstinait à aligner des chiffres.

— Ah !

— Seulement, dans la réalité, le paysage est beaucoup moins idyllique... Dans cette mer si jolie et si lisse, les gens pêchent des éponges... Et, après quatre ou cinq ans, les hommes ont tous des maladies de la moelle épinière...

Elle ne l'écoutait pas. Elle préparait mentalement le discours qu'elle allait faire. Il y avait de la gêne dans l'air.

Dehors, Gredel et Lena feignaient de s'affairer tout en jetant parfois un coup d'œil à l'intérieur. De l'autre côté de la route, on voyait la façade blanche du *Grand Hôtel*, avec sa terrasse garnie de parasols modernes à ramages mauves et jaunes.

On entendit le léger ronronnement d'une auto montant la côte en prise directe et M. Serge dit encore :

— Une grosse voiture... Elle n'a même pas eu besoin de se mettre en seconde...

Il entrouvrit la porte pour la voir arriver, annonça :

— Une Packard... Tiens ! Tiens ! Des Hollandais...

Nic Keller, malgré lui, s'approcha. L'auto, conduite par un chauffeur en cache-poussière blanc à col bleu, s'arrêtait en face du *Grand Hôtel*.

— A quoi voyez-vous que ce sont des Hollandais ?

— A la plaque : *NL 2165... NL* signifie Nederland...

La Schlucht ne comporte que quatre maisons, un poteau indicateur et les restes de l'ancienne borne frontière qui séparait, avant la guerre, la France de l'Allemagne et qui ne marque plus aujourd'hui que la limite de l'Alsace.

Le poteau indicateur annonce que l'altitude est de 1 236 mètres, que Gérardmer, à gauche, est à treize kilomètres et Munster, à droite, à vingt-huit.

La première maison est un bazar où l'on vend des cartes postales et des souvenirs. En face se dresse le *Grand Hôtel*, avec son garage, sa pompe à essence, ses parasols et son portier à casquette galonnée qu'on appelle le pisteur.

Près du bazar, un restaurant où l'on peut à la rigueur obtenir une chambre : *Au Relais d'Alsace*, tenu par M. et Mme Keller.

A cent mètres enfin, l'*Hôtel des Cols*, moins luxueux que le *Grand Hôtel*, plus bourgeois que le *Relais d'Alsace*.

La Packard, qui paraissait sortir de l'usine, tant elle était propre et luisante, était arrêtée au milieu de la route et le chauffeur tenait la portière ouverte.

Mais les maîtres ne descendaient pas. On apercevait

deux personnes, un homme et une femme, qui discutaient avec animation, en néerlandais.

— Ils n'ont pas l'air de se décider ! remarqua Nic Keller.

— L'homme voudrait monter plus haut, au Hohneck. Sa femme prétend qu'on est bien assez haut ici et qu'elle commence déjà à ressentir de l'oppression...

— Vous comprenez le néerlandais aussi ?

M. Serge tendait l'oreille, amusé, examinait les voyageurs qui discutaient toujours tandis que le chauffeur bien stylé ne lâchait pas la portière.

Le pisteur du *Grand Hôtel*, la casquette à la main, attendait respectueusement à quelques pas, ébloui par la voiture. Et un rideau frémissait au rez-de-chaussée, dans le bureau de la propriétaire.

— C'est elle qui l'emportera ! dit encore M. Serge.

Et Nic Keller s'avança un peu parce que l'étrangère, prête à sortir, une jambe sur le marchepied, laissait voir des genoux nerveux, gainés de soie fine.

Elle était brune, un peu grasse, d'une beauté provocante.

Son compagnon, au contraire, d'un blond clair, avait une peau aussi fraîche que Gredel et Lena, de gros yeux bleus, des traits flous, et il paraissait d'autant plus inconsistant que les lignes de son corps étaient estompées par un complet de sport gris perle.

Il insistait pour la forme. Il se savait vaincu. Quand sa compagne sauta à terre et regarda autour d'elle avec l'air de prendre possession de l'endroit, il saisit une petite mallette à serrure de sûreté, descendit à son tour, donna en néerlandais des ordres au chauffeur et se dirigea vers l'hôtel.

Nic Keller, les yeux luisants comme il les avait toujours quand il regardait une jolie femme, resta dehors, appuyé à sa béquille, à contempler la voyageuse qui faisait quelques pas pour apercevoir le panorama de la vallée.

Le chauffeur, aidé par le pisteur du *Grand Hôtel*, sortait de la malle arrière des valises de grand luxe, aux initiales surmontées d'une couronne.

— Monsieur Serge !

Mme Keller, toujours à la caisse, son crayon à la main, avait toussé avant d'appeler.

Le locataire s'approcha, cordial, vida son verre. Et il y avait tout un combat sur le visage de l'hôtelière. D'habitude, elle affichait un sourire sucré et elle mettait une précipitation servile dans ses rapports avec ses clients.

Mais voilà qu'elle avait quelque chose de désagréable à dire. Malgré elle, ses traits devenaient durs, si durs qu'on avait l'impression de découvrir sa véritable nature.

— C'est au sujet de votre petite note...

M. Serge ne tressaillit pas, mais leva la tête et montra un front soudain soucieux, des yeux tristes.

— Il y a deux mois, je n'ai rien dit, parce que vous m'assuriez que l'argent allait arriver, que c'était un oubli de la banque et que...

Elle ne devait pas le faire exprès. Le ton s'envenimait. Peu habituée à être sévère, elle l'était trop. Et elle en devenait toute pâle.

— Le mois dernier, vous m'avez affirmé que ce n'était qu'une question de jours... Nous ne sommes pas riches... Les temps sont durs... Nous avons des échéances difficiles...

Il esquissa un sourire amer. Pas riches, les Keller, qui venaient d'acheter les plus beaux terrains de la Schlucht pour y faire construire un hôtel plus grand que le *Grand Hôtel* lui-même !

— Vous avouerez que nous vous avons toujours traité en ami plutôt qu'en client...

M. Serge avala sa salive, regarda la grande salle qui était peu à peu devenue son home, le coq de bruyère empaillé, l'aquarelle de l'île de Rhodes, les géraniums alignés devant les fenêtres en demi-lune, à la mode alsacienne.

— ... et nous ne vous avons jamais posé de questions, vous le reconnaissez...

Cette petite phrase-là était traîtresse en diable. C'était voulu ! C'était préparé d'avance ! Et d'ailleurs, Mme Keller avait baissé les yeux pour la prononcer, d'un ton faussement détaché.

Il y avait cinq mois que M. Serge s'était installé au *Relais d'Alsace*, cinq mois qu'il vivait là sans rien faire que se promener dans la montagne, lire les journaux, tantôt à une table, tantôt à l'autre.

Au point que, quand il n'y avait plus de bière au comptoir, il allait lui-même en chercher à la cave ! Et que parfois, si un client entrait alors qu'il n'y avait personne, il le servait !

Gredel et Lena le prenaient pour confident, lui racontaient leurs petites histoires de gamines. Et le dimanche, quand les touristes étaient trop entreprenants avec elles, il intervenait, discret mais ferme :

— Vous ne voyez pas que ce sont des petites filles ?

Il faisait partie de la maison. L'ingénieur qui travaillait à la scierie et qui prenait pension à l'hôtel lui demandait des conseils. Le brasseur de Munster ne manquait jamais de lui serrer la main. Le facteur l'appelait M. Serge, comme tout le monde.

— Cela fait maintenant deux mille sept cent quatre-vingts francs... Nous ne pouvons plus...

Cela sentait non seulement la préparation, mais les longues conversations à mi-voix avec le mari.

« — Parle-lui, toi !

» — Non ! Toi... Cela fera plus d'effet...

» — Et s'il demande encore un délai ?... »

M. Serge restait très digne. C'était peut-être à cause de cette dignité qu'il était si difficile de lui parler d'argent. Il avait le regard lointain et un maintien beaucoup plus aristocratique que le voyageur à la Packard qui venait de descendre en face.

Impressionnés par ses allures, des gens disaient :

— Qu'est-ce qu'il vient faire ici ?... Jamais personne n'est resté aussi longtemps, à moins d'être tuberculeux... Et il n'est pas malade... Il ne suit aucun régime... Il ne fait rien...

Et Mme Keller, perfide sous son sourire un peu tiré, faisait allusion à ces ragots en murmurant :

— ... et nous ne vous avons jamais posé de questions, vous le reconnaissez...

Nic Keller préférait ne pas rentrer avant la fin de l'exécution et, dehors, il attrapait Gredel et Lena.

— Il n'est pas naturel que votre banque reste si longtemps sans vous envoyer l'argent demandé...

Pourtant Mme Keller n'avait pas l'aspect d'une méchante femme. Il fallait même la connaître pour savoir que, sous ses dehors assez mous, c'était une femme énergique, qui était seule à faire marcher la maison et, en outre, à empêcher Nic de commettre des bêtises.

Elle était encore jeune. Elle avait un air bien élevé qui rappelait la pension où elle avait passé sa jeunesse.

— ... et je crois qu'il est préférable, pour vous comme pour nous, qu'on arrête les frais... Ne le prenez pas de mauvaise part... Nous ne sommes pas riches...

M. Serge se passa la main sur le front. Ne lui arrivait-il pas, le dimanche, à la même caisse où elle trônait, de l'aider à faire les additions ?

— Écoutez ! dit-il. Je ne peux pas vous expliquer pourquoi l'argent n'est pas arrivé... Mais j'ai ici un bracelet de platine... Il vaut au bas mot vingt mille francs...

Ce n'était même pas un bracelet. Au poignet gauche, qu'il avait très fin, à peine voilé d'un léger duvet, il portait un morceau de métal grossièrement travaillé en forme de cercle. C'était plutôt un lingot.

Mais Mme Keller était bien décidée à rester sur ses positions. Cela se sentait à son visage plus blanc encore, à ses lèvres plus étirées.

— Nous ne pouvons pas, nous, hôteliers, nous permettre de...

Il sourit, en dedans plutôt qu'en dehors.

— Même si je vous le laissais pour le prix de la pension pendant les deux derniers mois et pendant le mois à venir ?... Quitte à le racheter lorsque mon argent arrivera...

Une petite flamme dans le regard de la femme. Néanmoins sa méfiance fut plus forte.

— Vous devez comprendre que, pour nous qui n'y connaissons rien... Pourquoi ne le vendez-vous pas plutôt à un bijoutier de Munster ou de Colmar ?...

La Packard pénétrait au garage d'en face et des volets s'ouvraient aux plus belles chambres du premier étage. On apercevait le bonnet blanc d'une femme de chambre, la silhouette de la voyageuse.

Nic Keller rentrait, accompagné par le bruit de sa béquille sur les carreaux.

— Il y aura de l'orage cette nuit...

M. Serge disait au même instant :

— Je vais prendre l'autobus pour Munster... Je vous paierai demain matin...

Alors, Mme Keller éprouvait le besoin de renchérir.

— Vous comptez rester longtemps encore dans le

pays ?... Ce n'est pas fort passionnant !... Vous devez vous ennuyer, à la fin... Surtout un homme qui, comme vous, a tant voyagé...

Encore une allusion ! Car les gens s'étonnaient qu'il parlât presque toutes les langues. Des Égyptiens étaient arrivés, un jour, au *Grand Hôtel*. Le pisteur était venu dire que personne ne pouvait les comprendre. M. Serge avait servi d'interprète et le soir il sablait le champagne avec les Égyptiens dont il parlait la langue et qui, de dix jours, ne le quittèrent pas.

Et il parlait l'anglais, l'allemand ! Il parlait même le patois d'Alsace, ce qui amusait Gredel et Lena.

Quand, le soir, on faisait de la T.S.F., il traduisait les messages en morse qu'on attrapait entre deux airs de musique.

— Une compagnie de navigation de Dantzig qui donne l'ordre à un vapeur qui se trouve dans le Pas-de-Calais de décharger à Boulogne plutôt qu'au Havre...

Et Mme Keller continuait :

— ... Sans compter qu'en automne il n'y a plus une âme... La saison d'hiver ne commence qu'en janvier, avec les neiges...

Pourquoi éprouva-t-il le besoin de dire :

— Brave madame Keller !... Allons !... Je file à Munster... Et demain je vous apporterai votre argent...

Il n'avait que le temps d'aller chercher son chapeau de feutre verdâtre, car l'autocar de Gérardmer à Munster s'annonçait au tournant.

Un bout de route nationale. Trois hôtels, dans un site pittoresque. Le *Grand Hôtel* se réservant la clientèle élégante et la grosse bourgeoisie. L'*Hôtel des Cols* accueillant les petits-bourgeois en vacances et, l'hiver, les skieurs des environs.

Le *Relais d'Alsace* ne s'adressant pas aux étrangers, ni même aux touristes. C'est là que les chauffeurs des camions allant de Munster à Gérardmer s'arrêtent pour boire un coup de vin rêche ou de bière pétillante. C'est là aussi que, le dimanche, les gens qui excursionnent en montagne, sac au dos, demandent une table et de la boisson, déballent leurs victuailles qu'ils dévorent en chantant.

Pas d'électricité, comme dans les hôtels, mais des lampes à gaz de pétrole. Pas d'eau courante.

Par contre une salle claire, longue de seize mètres, avec des tables de sapin rose, des boiseries vernies le long des murs et ces fenêtres en demi-lune découpant si plaisamment le paysage.

Six tables toujours dressées — nappes à petits carreaux et verres rouges — pour les dîneurs éventuels.

Et le sourire candide de Gredel et Lena, deux sœurs, fraîches et potelées, cheveux frisottants, trottinant tout le jour à travers la maison.

La table de M. Serge était déserte, ce midi-là.

— Il ne rentrera que par l'autocar de deux heures ! avait dit Nic Keller. Peut-être aura-t-il déjeuné ? Peut-être pas ?...

Et il mangeait avec sa femme, dans le coin le plus proche du comptoir, car Mme Keller se levait sans cesse pour aller tirer de la bière, couper une tranche de pain, dresser un plat de saucisses à la salade de pommes de terre.

Près de la fenêtre, il y avait M. Herzfeld, l'ingénieur de la scierie, qui était à la Schlucht depuis trois mois et qui resterait des mois encore, le temps que les nouvelles machines fussent complètement installées. Un petit homme jovial, brûlé par le soleil, qui recevait des journaux de Strasbourg et des revues techniques et qui, de temps en temps, le dimanche, annonçait l'arrivée d'une cousine.

On savait ce que cela voulait dire. On souriait. Il demandait une chambre de plus, par convenance. C'était lui qui avait dit de M. Serge :

— Il ne sort d'aucune école connue, ni des Mines, ni des Arts et Métiers, et pourtant cela m'étonnerait qu'il ne soit pas ingénieur... Mais qui pourrait deviner au juste sa profession et sa nationalité ?...

Deux touristes, un homme et une femme, mangeaient à une table sans nappe, c'est-à-dire qu'ils avaient apporté leur nourriture et qu'ils se contentaient de commander la boisson.

Gredel était à la cuisine. Lena servait un client nouveau, un homme d'une trentaine d'années qui était arrivé en moto vers onze heures du matin et qui avait passé une heure entière au *Grand Hôtel* avant de pénétrer au *Relais d'Alsace*.

Le silence avait quelque chose d'anormal. Les hôteliers, de même que le client inconnu, semblaient attendre quelque chose.

Dix fois Lena fut réprimandée pour des fautes futiles, comme de poser trop brusquement une fourchette sur la table.

Mme Keller lançait de fréquents regards à l'horloge, un carillon Westminster qui jouait à chaque heure un air simplet.

— Le voici...

On entendait au bas de la côte, du côté de Munster, l'autocar qui se mettait en première et dont le klaxon était bien connu. On le sentait peiner. On comptait les virages.

— Il passe sous la Pierre-Fendue...

Le bruit de ferraille s'accentuait. L'autocar bleu se profila derrière les vitres, s'immobilisa dans un criaillement de freins.

Trois voyageurs pour le *Grand Hôtel*. Des gens à destination de Gérardmer, qui entrèrent au *Relais d'Alsace* pour boire un verre de bière. Un sac de pommes de terre que Mme Keller avait commandé et qu'on posa dans la cour.

M. Herzfeld tapotait la table de son couteau avec une certaine nervosité. Le regard de Nic Keller était fuyant. Et sa femme était toute pâle, les lèvres sans couleur.

Elle échangea avec le voyageur inconnu un regard qui signifiait : « C'est lui... »

M. Serge, vêtu d'un caban de montagne, son feutre vert sur la tête, sa canne à la main, descendait du car et poussait la porte, reniflait l'air, lançait gaiement :

— Jeudi ! Soupe aux choux ! Je l'avais oublié !...

Il s'étonnait un peu. Lena ne venait pas lui prendre son manteau comme d'habitude. Mme Keller regardait ailleurs. Nic mangeait à grand bruit, la tête penchée sur son assiette, et l'ingénieur de la scierie se plongeait dans la lecture d'une revue.

Seul l'inconnu le regardait.

— Mon déjeuner, Lena !... Je n'ai rien pris depuis ce matin !

Est-ce que, dans l'attitude générale, il n'y avait pas une hostilité voulue ? Le coq de bruyère était à sa place. Et l'aigle des Vosges.

Il y avait eu de l'orage, la nuit. La température avait considérablement baissé. On avait allumé du feu dans le poêle alsacien en majolique. M. Serge s'y chauffa les mains, regarda l'inconnu, sourcilla, redressa les épaules.

19

Son sourire eut l'air de dire : « Ils ne croient pas que j'apporte l'argent... »

Alors, haussant le ton pour y mettre quelque désinvolture, il s'approcha de Mme Keller.

— J'ai quelque chose pour vous... D'abord ceci...

Et il tira de sa poche une broche en or, représentant un aigle dont l'œil était un tout petit rubis, et qui pouvait valoir deux cents francs.

L'hôtelière se troubla, ne sut où poser le regard.

— Puis ceci...

Dans un portefeuille, il prit des billets de mille francs.

— Un... deux... trois... quatre... cinq... Je vous paie deux mois d'avance...

L'inconnu ne mangeait plus. Il tenait la tête levée, tournée vers M. Serge.

Nic Keller délaçait et relaçait sa chaussure en poussant de grands soupirs.

— Hum !... Hum !... faisait l'ingénieur.

Alors Mme Keller, sans toucher à la broche, ni aux billets de banque :

— Je crois que monsieur voudrait vous parler...

Lena tournait obstinément le dos, feignant d'être très occupée à dresser des macarons sur une assiette.

M. Serge regarda l'inconnu.

— A moi ?... s'étonna-t-il.

Et l'autre, debout, embarrassé :

— Excusez-moi... Je désirerais vous poser quelques questions... Inspecteur Mercier, de la Brigade mobile de Strasbourg... Mais vous avez le temps de déjeuner...

On n'entendait aucun bruit, aucun ! Et pourtant chacun mangeait.

— Ah !... dit M. Serge de sa voix la plus naturelle.

Il se tourna vers Lena.

— Mettez mon couvert à la table de M. Mercier, mon petit...

Juste devant lui, il y avait l'aquarelle de l'île de Rhodes, aux tons irréels.

2

Le trou dans le mur

— Je vous écoute, monsieur Mercier...

Il n'y avait pas d'ironie dans la voix, ni de forfanterie. M. Serge était tellement serein, au contraire, que les Keller commençaient à se sentir mal à l'aise.

L'inspecteur commença, la bouche pleine :

— Je voudrais seulement vous demander quelques précisions... Vous avez dormi à Munster, n'est-ce pas ?... D'habitude, vous descendez au *Lion d'Argent*...

— Et je n'y étais pas cette nuit ! dit simplement son interlocuteur.

— A quel hôtel étiez-vous donc ?

— Ni dans l'un, ni dans l'autre... J'ai passé la nuit à marcher...

Il y eut, du coup, un certain frémissement dans l'air et Lena, qui servait les deux hommes, s'assombrit, détourna la tête.

— Chez quel bijoutier avez-vous vendu votre bracelet de platine ?

M. Serge regarda Mme Keller, puis son poignet nu, parut hésiter une seconde.

— Je ne répondrai pas à cette question.

L'inspecteur Mercier continuait à manger. Il avait

un visage sympathique, des yeux francs. Parfois, pourtant, il lançait à la dérobée un étrange regard à son interlocuteur, après quoi il semblait réfléchir.

— Vous me permettrez de vous en poser une à mon tour. Vous admettrez que je me suis laissé interroger de bonne grâce. Du moins voudrais-je savoir maintenant à quoi rime cet interrogatoire.

Toujours le même ton de bonne compagnie. Et, chaque fois qu'il allait parler, M. Serge s'essuyait lentement les lèvres de sa serviette.

— Vous connaissez M. et Mme Van de Laer ?... répliqua le policier.

M. Serge commença un signe négatif, se ravisa, regarda le *Grand Hôtel*.

— Pardon !... Ce sont peut-être ces Hollandais arrivés hier en Packard ?... Je les ai aperçus un instant, comme ils descendaient de voiture...

— Eh bien ! cette nuit, ou plutôt ce matin, de très bonne heure, un vol a été commis dans leur appartement...

— Ah !...

Et M. Serge hochait la tête, prononçait doucement :

— On a téléphoné à Strasbourg. Vous êtes arrivé en moto. Vous vous êtes renseigné sur les coupables possibles, c'est-à-dire sur les gens vivant à ce moment à la Schlucht...

Mme Keller éprouva le besoin d'aller tripoter quelque chose dans la cuisine, d'où elle ne revint pas. Son mari s'obstina à manger, les deux coudes sur la table.

— Sans doute avez-vous procédé par élimination, en commençant par les domestiques. Et il n'est guère resté qu'un personnage douteux... Un original, qui séjourne ici depuis plusieurs mois, sans rien faire, qui parle plusieurs langues et dont on ne connaît pas les moyens d'existence... Encore un peu de vin ?... Justement, hier, il a été incapable de payer sa note d'hôtel et il a proposé de vendre un bracelet de platine...

— Pardon ! intervint l'inspecteur sur le même ton. Il n'y a pas que cela. Il y a le valet de la ferme du Renard, que vous devez connaître mieux que moi, puisque vous êtes ici depuis si longtemps, qui vous a aperçu ce matin, vers cinq heures, sur la grand-route...

— Vous avez déjà téléphoné à Munster ?

— Non seulement au *Lion d'Argent*, où vous n'êtes pas descendu, mais chez tous les bijoutiers et chez tous les brocanteurs de la ville... Vous voyez que je joue franc jeu...

Ils n'élevaient pas la voix. L'ingénieur, de sa place, ne pouvait saisir que quelques mots. Lena, quand elle n'avait pas de plat à servir, regardait curieusement M. Serge, avec l'air de penser : « C'est comme cela que c'est fait, un voleur ! »

Quant au policier, il était de moins en moins à la conversation. Par contre, il avait le front plissé d'un homme qui fait un grand effort pour ranimer sa mémoire.

— Vous avez un alibi à fournir ?

— Ma foi non ! Mais je suppose que ce n'est pas nécessaire. Vous avez procédé à l'examen des lieux ?

— En arrivant...

M. Serge plia sa serviette, la glissa dans un anneau de buis, soupira, se leva.

— Vous accepterez sans doute de me montrer l'appartement des... comment avez-vous dit ?...

— Van de Laer...

— De la famille du directeur de la Banque des Indes Néerlandaises ?

— Carl Van de Laer est son fils...

— Bah !

Cela l'intéressait, sans plus.

— Et que fait-il ici ?

— Une cure de repos. La haute montagne l'énerve. Il préfère les Vosges, où il peut marcher des heures durant. Ce matin, dès quatre heures, il entreprenait de monter au Hohneck, à six kilomètres d'ici. C'est en rentrant, vers huit heures, qu'il s'est aperçu qu'une petite valise à fermeture de sûreté avait été fracturée.

— Évidemment !

— Que voulez-vous dire ?

— Rien ! Ou plutôt que c'était exactement le moment qu'il fallait choisir...

L'autre le regarda avec étonnement. Nic Keller, qui avait fini de manger, traîna sa béquille jusqu'à la terrasse.

— En somme, résuma l'inspecteur, vous avez passé la nuit dehors et vous n'avez aucun témoin pour affirmer que vous étiez à Munster. Un témoin, par contre, prétend vous avoir vu ici. Hier, vous n'aviez pas d'argent. Or, vous possédez aujourd'hui un certain nombre de billets de mille francs. Et vous êtes incapable de dire à qui vous avez vendu votre bracelet.

— C'est bien cela ! Nous allons ?...

Il alluma un cigare, qu'il fit craquer à son oreille. En sortant, il salua l'ingénieur Herzfeld, qui se demanda s'il devait lui rendre la politesse. Puis il tapota la joue de Lena qui rougit.

— Où est ta sœur, petite ?...

La servante voulut répondre, se troubla, faillit éclater en sanglots et détourna vivement la tête.

On vit les deux hommes traverser la route, pénétrer au *Grand Hôtel* où le déjeuner, dans la salle à manger vitrée, n'était pas terminé.

La directrice aux cheveux blancs, à la robe de soie mauve, à la mine distinguée, sortit de son bureau.

— Vous avez trouvé, monsieur l'inspecteur ?

Elle dédaignait de regarder M. Serge.

— Je ne sais pas encore... Voulez-vous me donner la clef...

Quelques instants plus tard, ils arrivaient au premier étage, où les Van de Laer occupaient trois chambres communiquant entre elles. Celle de gauche était réservée à Mme Van de Laer, celle de droite à son mari et celle du milieu, d'où on avait retiré le lit, leur servait de salon.

Le Hollandais, averti, arriva, l'air ennuyé, vêtu d'un complet plus clair encore que la veille, avec des culottes de golf qui faisaient paraître ses jambes débiles.

L'inspecteur ouvrit une porte. Une forte odeur d'eau de Cologne régnait dans la chambre en désordre où un nécessaire de toilette de grand luxe, aux objets marqués d'initiales surmontées d'une couronne, était ouvert.

Couronne aussi sur le pyjama gris-vert abandonné au pied du lit.

— C'est cette mallette qui a été fracturée...

La mallette que, la veille, le voyageur avait portée lui-même de sa voiture à l'hôtel. La serrure en était, non forcée, mais arrachée comme avec des pinces ou des tenailles et le cuir était partiellement déchiré.

M. Van de Laer regardait les deux hommes de ses gros yeux ennuyés.

— Ce n'est pas tant la somme... murmura-t-il pour dire quelque chose.

— Au fait, combien d'argent y avait-il ? questionna M. Serge.

— Soixante mille francs, changés hier à Paris...

— Et la mallette se trouvait ?...

M. Serge, toujours aussi calme, semblait diriger l'enquête.

— Sur cette table.

La table était contre le mur, à deux mètres de la porte. Dans ce mur, quatre-vingts centimètres plus haut que la table environ, il y avait un trou qui permettait de voir dans le corridor. M. Serge regarda curieusement l'inspecteur, qui expliqua :

— L'hôtel ne date que de trois ans et le chauffage central n'est pas encore installé. On est en train d'y travailler. Les maçons ont préparé toutes les ouvertures. Mais, les appareils n'étant pas arrivés, on est obligé de laisser les murs dans cet état pendant quelques jours. Hier au soir, un fort papier était collé sur le trou. Ce matin à quatre heures, il y était encore. A huit heures, quand M. Van de Laer est rentré, il était déchiré...

Le Hollandais approuva de la tête, se tourna vers le corridor où l'on entendait des pas. C'était Mme Van de Laer, qui s'arrêta sur le seuil de la chambre et qui dit à son mari, en néerlandais :

— Ces histoires ne sont pas encore terminées ?

— Je suppose, poursuivait l'inspecteur Mercier, que vous reconstituez aisément les faits et gestes du voleur... S'introduire dans un hôtel comme celui-ci, où règne la plus grande confiance, est chose facile... Ensuite, en l'absence de M. Van de Laer, percer le papier, passer le bras par l'ouverture et attirer la mallette... L'ouvrir enfin avec des pinces et s'emparer de son contenu...

M. Serge sourit.

— Puis-je me permettre de vous demander, dit-il au Hollandais, de remettre la mallette à la place exacte où elle se trouvait ?... Pardon ! une question... Quand vous êtes parti ce matin, vous avez refermé à clef la porte de cette chambre ?

— Oui.

— Où était Mme Van de Laer ?
— Ma femme était encore couchée...
— Et elle dormait toujours quand vous êtes rentré ?
— Oui...

La jeune femme regardait M. Serge dans les yeux.

— Aucun domestique n'a donc pu pénétrer dans l'appartement pendant votre absence ?

— Aucun... Ni personne... Les serrures des portes sont intactes ! répliqua l'inspecteur, qui avait toujours cette même façon soucieuse d'observer son compagnon.

Alors, calmement, M. Serge retira son veston, toucha ses biceps.

— Non ! grommela-t-il comme pour lui-même. Ce ne serait pas assez concluant... Je suis trop musclé... Peut-être madame, si elle voulait bien accepter...

M. Van de Laer ouvrit la bouche. L'inspecteur questionna :

— Que voulez-vous faire ?

— Excusez-moi ! Mon intention était seulement de demander à madame de bien vouloir gagner le corridor, de passer le bras par l'ouverture et d'essayer d'atteindre la valise...

Le Hollandais allait se fâcher. Ce fut sa femme qui déclara sèchement :

— J'y vais...

Le trou avait environ dix centimètres de diamètre. Mais il était irrégulier. Et le mur avait une épaisseur assez grande.

La main passa, l'avant-bras, le bras...

— Vous ne pouvez pas saisir la mallette ?... A gauche... Plus à gauche encore...

Et, tourné vers le policier :

— Il s'en faut de quinze centimètres... Il est vrai

qu'on a pu se servir d'un objet quelconque pour attirer la mallette...

Il la poussa vers la main. Le bout des doigts frôla le cuir.

— Remarquez, reprit posément M. Serge, que madame ne voit rien, qu'elle ne peut remuer le bras que dans le sens latéral et que, dans cette position, elle est rigoureusement incapable d'un effort quelconque... Je la défie, à l'aide d'une pince ou de n'importe quel outil, d'ouvrir la valise... Je vous remercie, madame... Excusez-moi de vous avoir ainsi mise à contribution...

Et il gagna le couloir à son tour. Il releva la manche de sa chemise, découvrit un bras admirablement musclé qu'il tenta d'introduire dans l'ouverture.

Le bras passa, non sans que la peau fût égratignée par son contact avec la brique. Seulement, arrêté par le biceps, il ne put bouger ni dans un sens, ni dans l'autre.

— Voulez-vous constater, monsieur l'inspecteur ?... Or, vous avez remarqué qu'en arrivant j'avais la peau intacte... Voici le bras gauche... Je suppose que vous conclurez donc à l'impossibilité matérielle du vol commis dans ces conditions, même par une femme, même par un individu très maigre...

Une fois de plus, M. Van de Laer voulut intervenir, se ravisa.

— L'hypothèse du trou, continua M. Serge, était la première qui devait venir à l'esprit... A première vue, cela semble tout simple... Il fallait essayer...

L'inspecteur était grave.

— Si bien qu'il faudrait admettre...

— Que le vol a été commis par une personne se trouvant dans l'appartement...

— Messieurs !... protesta M. Van de Laer dont les lèvres frémissaient.

Sa femme ne disait rien. Mais elle fixait toujours

M. Serge comme si elle eût été incapable d'en détacher son regard. De grandes prunelles sombres.

Et l'inspecteur, embarrassé, de dire précipitamment :

— Je vous en prie... Ne tirons pas de conclusions hâtives d'une expérience qui... que...

— Mais il n'y avait que ma femme dans l'appartement et... je...

C'était le Hollandais qui avait prononcé le mot. Il s'en mordit les lèvres, tandis que Mercier réparait la gaffe en balbutiant :

— Il est bien entendu que madame est au-dessus de tout soupçon... Je vais continuer l'enquête et j'espère...

La situation était délicate. Tous les regards convergeaient vers la mallette défoncée qui contenait encore des papiers d'affaires et des lettres.

— Si vous permettez, je prendrai congé, dit l'inspecteur.

Il s'inclina devant la jeune femme qui évita de lui tendre la main, puis devant M. Van de Laer qui prononça en essayant d'être hautain :

— Je suis plus désireux que jamais de voir le voleur démasqué rapidement... Au besoin, je ferai appel à une agence de police privée...

Un léger sourire erra sur les lèvres de M. Serge qui, très homme du monde, se contenta par discrétion d'une inclinaison du buste.

— Nous descendons, Carl ?... dit Mme Van de Laer.

Elle n'attendit pas la réponse. Elle suivit les deux hommes dans le corridor, puis dans l'escalier. Le policier marchait le premier. M. Serge s'effaça pour la laisser passer devant lui. Il y avait assez de place. Pourtant elle le frôla. Son visage passa à quelques centimètres du visage de l'homme.

31

Les prunelles étaient dures. Il y dansait comme une flamme de rage. Et elle articula dans un souffle :

— Très fort !...

M. Serge n'eut pas l'air d'entendre. Il descendit les marches derrière elle. En bas, elle était visiblement plus nerveuse. M. Van de Laer arrivait à son tour.

Puisque les adieux étaient faits, l'inspecteur et son compagnon n'avaient qu'à s'en aller. Ils furent au milieu de la route, où le pisteur de l'hôtel était adossé à la pompe à essence. Un autocar venait de déverser, pour dix minutes, une trentaine de touristes qui achetaient des cartes postales et se précipitaient vers le terre-plein d'où on dominait la vallée.

— Vous avez encore quelque chose à me demander ? questionna M. Serge.

— Deux ou trois renseignements, pour mon rapport. Vous avez des papiers ?...

— Tous les papiers que vous désirerez...

— Vous êtes Français ?

— Je m'appelle Serge Morrow... Né à Paris d'une mère russe et d'un père d'origine anglaise. Mais je suis Français...

L'inspecteur émit un grognement indistinct.

— Vous avez vécu en Égypte ?

— Non !

— Ah !...

Et soudain, comme son compagnon n'avait pas de chapeau sur la tête, le policier, faisant mine de lui enlever une poussière du col, arracha deux des cheveux gris.

M. Serge se tourna vers lui avec un sourire bienveillant où quand même, cette fois, il y avait de l'ironie.

— Vous en faites collection ?

— Je vous serais obligé de me dire quels sont vos moyens d'existence...

— J'ai de l'argent.

— Où ?... Dans quelle banque ?... Dans quelle affaire ?...

Mais M. Serge continua à sourire sans répondre.

Ils étaient toujours au milieu de la route. A travers les vitres du *Relais d'Alsace*, on devinait, au-dessus des géraniums, les têtes de M. et Mme Keller qui épiaient les deux hommes. Dans un coin de la salle, Lena, un torchon à la main, était immobile à les regarder.

M. et Mme Van de Laer sortaient du *Grand Hôtel* en discutant avec animation dans leur langue.

— Le ménage va mal ! dit M. Serge qui avait surpris des bribes de phrases. Elle lui reproche de faire un tel bruit et de gâter leur séjour pour soixante malheureux mille francs... Je crois même qu'elle lui dit qu'il est aussi avare que son père...

Le couple faisait les cent pas parmi les touristes plus vulgaires de l'autocar. Dans la cour, le chauffeur astiquait la voiture que contemplait le personnel en blanc des cuisines.

— Je vous reverrai ! prononça l'inspecteur. Je suppose que vous ne quittez pas la Schlucht... Il faut que je passe à Strasbourg...

Il se dirigea vers sa moto, revint sur ses pas.

— Au fait, il vaut mieux que j'emporte vos papiers...

M. Serge les lui tendit aimablement. Le couple se séparait à proximité de l'hôtel. Mme Van de Laer rentrait, tandis que son mari s'engageait sur le chemin du Lac Noir.

Elle n'était pas depuis cinq minutes au *Grand Hôtel* qu'elle ressortait, visiblement nerveuse, passait à deux mètres de M. Serge qu'elle regardait dans les yeux. Et ce regard avait évidemment une signification. C'était peut-être un défi ? Mais non ! Plutôt un appel...

Elle marchait dans la direction du Hohneck, le long d'un sentier désert. Elle allait lentement, en se dandinant, comme quelqu'un qui s'attend à être suivi.

L'autocar cornait pour rallier ses voyageurs et on voyait des gens accourir de toutes les directions. Il en était ainsi cinq ou six fois par jour. La route était déserte. Puis soudain un autocar arrivait et pendant dix minutes c'était le bruyant envahissement.

Un coup de klaxon et le terrain, en quelques instants, était balayé, restait aux pensionnaires des trois hôtels.

Mme Van de Laer cueillait une fleur, rageusement se retournait, braquait son regard sur M. Serge et poursuivait sa route à pas plus rapides.

C'était presque le manège d'une fille du trottoir. Mais elle portait un tailleur vert tendre de la rue de la Paix, des bas d'une soie admirable, des chaussures en serpent qui étaient des merveilles.

Lena ouvrit la porte du *Relais d'Alsace*.

— Vous dînez ici, monsieur Serge ?

Elle était toute rouge. Elle devait avoir peur de se faire gronder, car elle observait ses patrons restés à l'intérieur.

— L'inspecteur est parti ?

Elle aurait voulu dire autre chose, mais elle se troublait. Et surtout elle ne semblait être sortie que pour se rendre compte du manège de la voyageuse.

— Vous n'avez pas bu votre mirabelle...

Mme Van de Laer se retournait encore. M. Serge tapota la joue de la petite servante dont les cheveux frisés étaient soulevés par le vent.

— Je la prendrai tout à l'heure. Donne-moi mon manteau.

— Vous partez ?...

Elle lui apporta quand même le caban qu'il jeta sur son bras. Sur le point de disparaître à un tournant, Mme Van de Laer s'attardait, arrachait des feuilles à un buisson.

Et Lena regarda s'éloigner M. Serge dans cette direction, rentra, les joues pourpres, au *Relais d'Alsace* où Mme Keller disait :

— Certainement qu'il va nous en vouloir, peut-être s'installer à l'*Hôtel des Cols*... Du moment que l'inspecteur ne l'a pas arrêté...

Nic Keller remontait le phonographe, saisissait une flûte sur laquelle il s'essayait en vain à accompagner les disques, tout en suivant des yeux les allées et venues des deux servantes dont il guettait, chaque fois qu'elles se penchaient sur une table, l'échancrure du corsage.

Mme Keller, elle, maniait sans trop savoir qu'en faire la broche donnée par son pensionnaire.

Elle finit par l'essayer devant un miroir, mais elle la retira en soupirant.

— C'est faux ! Archi-faux ! cria-t-elle avec impatience à son mari qui jouait à contretemps.

Il n'y avait plus que dix mètres, au tournant du chemin, entre M. Serge et Mme Van de Laer qui, maintenant, allait droit devant elle d'un air indifférent.

3

Le dialogue au Hohneck

De la route, on ne pouvait plus les voir. Le chemin, en lacet, escaladait le dernier contrefort du col, à travers les sapins, pour aboutir au Hohneck, le point culminant de la région, planté d'un hôtel, d'un belvédère avec location de jumelles et d'une table d'orientation.

Mais ils n'eurent pas besoin de franchir les cinq kilomètres qui les séparaient de cette station.

D'abord, il y eut le sac à main de la jeune femme qui tomba sur le sol alors que M. Serge était à quatre mètres derrière elle. Le vit-il ? Ne le vit-il pas ? Toujours est-il qu'il poursuivit sa route, de son pas régulier d'homme habitué à la montagne, et qu'il dépassa la promeneuse au moment où elle se baissait.

M. Serge faisait cette même promenade deux fois par jour, depuis des mois, tout seul, sans curiosité, comme on accomplit une cure. Il connaissait les flèches rouges, sur les arbres, indiquant la direction à suivre. Ses pieds évitaient tout naturellement les pierres éboulées.

Mme Van de Laer ne vit plus que son dos, un dos

large mais sans lourdeur d'homme bien bâti qui a atteint la cinquantaine en luttant contre l'empâtement.

De petits détails ne la frappèrent-ils pas ? Par exemple que le caban était d'un modèle qu'on ne trouve qu'à Londres, et seulement dans une maison de luxe de Victoria Street...

Il était vieux. Il était usé. Les souliers aussi, mais ils avaient été faits sur mesure chez un bottier de premier ordre.

Le maintien même de M. Serge était caractéristique. Il ne s'étudiait pas. Et pourtant il y avait un rien de raideur, ou plutôt de retenue, de sobriété dans les attitudes et dans les gestes qu'on ne trouve qu'à partir d'un certain degré d'éducation, d'un certain niveau social.

Le rythme de son pas était d'une régularité telle que cela devenait vite énervant. Il gagnait un mètre par cinq mètres sur la jeune femme et, quand il eut cinquante mètres d'avance, il disparut à un tournant.

C'est alors que, toute seule dans la forêt, elle ne put refréner son impatience. Elle marcha plus vite. Elle laissa même échapper quelques mots murmurés dans une langue étrangère qui n'était pas le néerlandais.

Elle dépassa le tournant à son tour. Au-delà, la route était droite sur une assez grande distance, et pourtant on n'y voyait personne.

Mme Van de Laer s'arrêta, étonnée, inquiète, contrariée en tout cas, regarda vivement autour d'elle, sans surveiller l'expression de son visage.

Et elle rougit en voyant M. Serge à moins de trois mètres d'elle, assis sur une borne dans l'ombre du taillis. Elle parla trop vite. C'était pour reprendre contenance. Elle articula en hongrois :

— Pardon... Voudriez-vous me dire si cette route conduit bien au Hohneck ?...

Il ne sourcilla pas. Il se leva, jeta la cigarette qu'il avait entre les doigts et qui était à peine entamée.

— Elle y conduit ! répliqua-t-il dans la même langue.

Le cœur de la jeune femme battait. On la sentait à court de souffle. Le fait qu'on venait de lui répondre en hongrois semblait lui faire l'effet d'une victoire.

— C'est encore loin ?

— Trois kilomètres et demi environ... La côte est assez dure...

— Vous êtes Hongrois ?

Et lui, modestement :

— Je n'ai pas cet honneur...

Elle voulait continuer la conversation. Elle cherchait autre chose à dire.

— Vous avez pourtant le type magyar et vous parlez la langue sans accent...

Il s'inclina poliment, pour remercier du compliment, mais il ne lui tendit pas la perche.

— J'ai rencontré, voilà trois ans, au *Continental* de Budapest, un gentleman qui vous ressemblait étonnamment...

Non ! Cela ne donnait rien. M. Serge l'écoutait, un peu surpris, avec un sourire aimable au coin des lèvres.

— Je crois que vous comprenez le néerlandais, dit-elle encore dans cette langue.

— Un peu...

Elle perdait du terrain. En dépit de ses efforts, elle ne parvenait pas à cacher sa déception.

— Je suppose, n'est-ce pas ? poursuivit-elle avec une précipitation accrue en regardant ailleurs, que vous ne tenez pas essentiellement à créer des complications...

S'il jouait un rôle, il le jouait avec une perfection absolue. Des pieds à la tête, il était le gentleman raffiné qui s'étonne de ce qu'on lui dit, qui cherche à comprendre, qui proteste avec simplicité.

— Excusez-moi de vous demander de quelles complications il s'agit...

Elle faillit déchirer la poignée de son sac à main, tant elle le tirailla avec brusquerie.

— Vous devez être très gourmand...

Elle avait passé du néerlandais au hongrois, en y mêlant quelques mots d'allemand, et il répondit de la même façon :

— Je suis confus... Que voulez-vous dire ?...

Elle était frémissante. Elle le regarda soudain dans les yeux et ses prunelles étaient à la fois chargées de menace et de prière.

— Combien voulez-vous ?... Je vous demanderai seulement trois ou quatre jours de délai...

— Je continue à ne pas comprendre... A la base de ce malentendu, il doit y avoir une erreur... Peut-être une erreur sur la personne... Permettez que je me présente : Serge Morrow...

Elle ricana d'énervement. Elle ne parvint plus à se contenir et elle jeta tous ses atouts, en tas, avec un retroussis des lèvres qui trahissait sa rage.

— Eh bien ! je vous félicite, monsieur Serge Morrow... C'était très bien monté... Mon mari et l'inspecteur sont arrivés automatiquement à la conclusion que vous leur suggériez habilement... *Le vol commis par une personne du dedans !...* Et, comme j'étais seule dans l'appartement... J'avoue que je serais curieuse de savoir comment vous vous y êtes pris... Car la démonstration était rigoureuse... Impossible de forcer la mallette avec un seul bras coincé dans l'ouverture du mur...

Il soupira, regarda des deux côtés du chemin.

— Je suis confus d'avoir provoqué un soupçon, si

léger soit-il, contre vous... Ce n'était pas dans mes intentions... On m'a accusé d'un acte ridicule... Le simple examen des lieux m'a permis de me disculper... Et je veux espérer que la police ne tirera pas de mon raisonnement des conclusions trop hâtives...

Elle frappa le sol de son talon, qui laissa une trace profonde dans la terre molle.

— Où voulez-vous en arriver ?

— J'irai sans doute jusqu'au Hohneck, comme chaque après-midi... Il n'y a guère que deux promenades possibles...

Elle lui tourna le dos, faillit s'éloigner, fit face à nouveau.

— On s'entendait plus facilement avec Thomas Fleischman !

— Je n'ai pas l'honneur de connaître ce monsieur...

— A Budapest... Au *Continental*... L'appartement 18, si vous voulez que je précise...

Il esquissa un geste désolé.

— Cent mille ?... C'est trop peu ?...

— Je vous répète qu'il y a une méprise à la base de cet entretien... Je n'ai jamais demandé d'argent à personne et l'idée ne m'en viendrait pas, surtout lorsqu'il s'agit d'une femme...

— N'empêche que vous avez organisé je ne sais quelle mise en scène pour me faire soupçonner de vol par la police et par mon mari...

Il pâlit un peu, devant cette attaque sans ambiguïté.

— Un homme ne serait pas allé jusqu'au bout de sa phrase, madame...

Elle rit, méchamment.

— Sauf, peut-être, un certain Samuel Natanson qui, un soir, a giflé Thomas Fleischman en plein salon du *Continental* !

— Je ne les connais ni l'un, ni l'autre... Votre état

de nervosité vous excuse... Et les événements de ce matin suffisent à expliquer cette nervosité... Accusé, je me suis contenté de me défendre, sans d'ailleurs accuser personne à mon tour... Je me suis borné à mettre en valeur des indices matériels... Je serais au désespoir si cela devait vous attirer des ennuis, ou simplement vous valoir une contrariété...

— Vous refusez cent mille ?

Il répéta son geste de désespoir.

— Je n'ai pas besoin d'argent... Et, si je puis quelque chose pour vous tirer d'embarras, croyez que je suis prêt à le faire sans considération d'intérêt... L'enquête n'est pas terminée...

— Et vous m'aideriez à prouver que je n'ai pas pris l'argent de la mallette ? éclata-t-elle. C'est bien le plus beau ! Si ce n'était pas gratuit, j'y croirais peut-être...

Un dernier regard, qui était une âpre déclaration de guerre.

— Merci !... Ces services gratuits risquent de coûter trop cher... Je préfère la lutte...

Et elle fit demi-tour, s'éloigna dans la direction des trois hôtels, le long de la pente raide qui la forçait à se pencher en arrière.

Tandis qu'il allumait une cigarette, M. Serge eut la sensation d'une présence insolite et il scruta lentement le sous-bois du regard.

— Hélène !... s'étonna-t-il en apercevant une jeune fille qui se tenait toute droite près d'un sapin.

Sa voix était gaie, affectueuse. Il s'attendait à la voir se précipiter vers lui. Mais elle le fixait d'un regard sombre qui était comme une accusation.

— Vous êtes ici depuis longtemps ?

— Depuis trop longtemps ! articula-t-elle avec un petit frisson aux épaules.

Ce fut lui qui s'avança et elle fut un instant sur le

point de s'enfuir. C'était une jeune fille de seize ans, dont les formes commençaient à peine à se dessiner. Elle portait de gros bas anglais, une courte jupe écossaise, un chandail de tricot, et ses cheveux flottaient librement au vent.

— Qu'est-ce que vous voulez dire, ma petite Hélène ?... questionna-t-il avec embarras.

Elle l'observait farouchement, se taisait.

— Je ne connais pas cette dame qui m'a adressé la parole... J'allais voir votre maman et...

— Il vaut peut-être mieux pas !

M. Serge la regarda à la fois avec une profonde tristesse et avec gêne.

— Il est venu quelqu'un au chalet aujourd'hui ?

— Le laitier...

— Et qu'a-t-il raconté ?

— Vous le savez mieux que moi !

Il suffisait de se pencher pour apercevoir, à travers le feuillage, le chalet qui se dressait à mi-chemin du col de la Schlucht et du Hohneck.

C'était une construction en bois assez vaste, de style suisse. Des fenêtres, on dominait toute l'Alsace et, au-delà, la ligne sinueuse du Rhin, les contreforts de la Forêt Noire.

Tête basse, M. Serge prit un sentier qui conduisait à cette maison, questionna en se retournant :

— Vous ne venez pas, Hélène ?

Elle pleurait, appuyée à un arbre. Il fut sur le point de revenir vers elle. Mais il fit claquer ses doigts l'un contre l'autre et continua à marcher.

Un nom tout simple, Chalet des Pins, sur une plaque de marbre fixée à la barrière. Un petit parc aux allées de gravier, avec des massifs de roses et d'hortensias.

Et, juste à la limite de la crête, le chalet flanqué sur deux côtés d'une véranda.

Le jardinier, qui était appuyé à sa bêche, détourna la tête en apercevant le visiteur qui ouvrait la barrière en familier des lieux.

M. Serge vit un rideau bouger, au premier étage. Quand il arriva au perron de bois, la porte s'ouvrit d'elle-même et Mme Meurice l'accueillit avec un visage presque aussi fermé que celui de sa fille.

— Je ne vous attendais pas aujourd'hui, dit-elle d'une voix qui n'avait pas sa chaleur habituelle.

— Je viens de rencontrer Hélène...

— Elle est très nerveuse... J'aurais préféré qu'elle ne fût pas mise au courant, mais le laitier a parlé devant elle... Je suis sûre que ce soir elle fera encore de la température...

— Pourtant elle va mieux...

Mme Meurice eut un geste qui signifiait qu'à ce moment c'était sans importance. La porte était refermée. Ils se trouvaient tous deux dans le hall aux cloisons de bois verni, où l'appui des fenêtres était garni d'une profusion de fleurs. Les rideaux de mousseline blanche à petits pois étaient seuls à jeter une note claire.

Cependant l'ambiance était gaie, d'une gaieté grave, sereine. Les fauteuils à fond de paille tressée étaient à la fois nets et confortables. Quelques brindilles achevaient de flamber dans la haute cheminée de briques rouges surmontée d'objets en cuivre.

Mme Meurice alla s'asseoir près d'un rouet ancien, regarda vaguement par une fenêtre tandis que le visiteur hésitait à retirer son caban.

Il appela, comme un enfant qui craint d'être grondé :
— Germaine...

Et elle tourna lentement la tête vers lui. C'était une

femme de trente-six ans, aux traits calmes, aux yeux profonds, à la coquetterie sobre et timide.

Elle avait la même peau mate que sa fille, la même ligne du cou et surtout le même ourlet de la lèvre inférieure.

— C'est vrai ? questionna-t-elle avec une lassitude qui prouvait que depuis des heures elle n'était préoccupée que d'un même problème.

— Je viens de prouver à l'inspecteur de police que je ne pouvais mathématiquement pas avoir volé cet argent... Je ne sais pas ce qu'on vous à raconté...

Elle était hésitante. Sans doute ne demandait-elle qu'à le croire. Elle regarda malgré elle le fauteuil qui était celui de M. Serge pendant les longues visites qu'il rendait presque quotidiennement au chalet. Mais il évita de s'y asseoir. Sans retirer son caban, il resta debout, à peine appuyé à la cheminée.

— Pourquoi ne m'avoir pas avoué que vous aviez des embarras momentanés d'argent ?

— On vous a dit ?...

Elle s'excusa, excusa du même coup tout le pays.

— Tout se sait, ici, n'est-ce pas ? Il paraît que depuis quelque temps Mme Keller vous observe, confie aux gens qu'elle se demande si vous la paierez un jour...

Mme Keller qui lui adressait des sourires sucrés, qui s'empressait avec servilité, qui houspillait à cause de lui les deux petites servantes ! « Allons ! Lena !... Gredel !... Vous n'avez donc pas vu que M. Serge attend !... »

— Et tout le reste que vous devez deviner... poursuivit Mme Meurice.

» — Que fait-il ici ?...

» — Il n'a pas l'air riche et pourtant il vit sans rien faire !

» — Qui sait si ce n'est pas un espion ?...

» — Cela finira bien un jour par du vilain !...

Elle rougissait. Elle regardait à nouveau par la fenêtre où on ne voyait que le ciel gris, la vallée et le brouillard s'élevant comme des fumées.

— On m'a dit aussi que vous êtes allé à Colmar pour vendre un bijou, que vous ne l'avez pas vendu, que vous n'avez dormi nulle part, qu'on vous a vu, à cinq heures du matin, rôder par ici et que, pourtant, vous êtes revenu avec l'autocar, les poches pleines d'argent. C'est vous qui voulez que je parle !... Jamais je n'aurais cru que cela ferait autant d'effet à ma fille... Elle s'est enfermée dans sa chambre... Puis elle est sortie à mon insu...

On entendit du bruit sur le perron. M. Serge ouvrit brusquement la porte et Hélène se montra dans l'encadrement, les yeux rouges, ne sachant si elle devait entrer ou s'enfuir.

— Venez, Hélène...

Et il expliqua :

— Elle vient d'assister par hasard, sur le chemin du Hohneck, à une conversation que j'ai eue avec Mme Van de Laer, la Hollandaise. Je ne sais pas ce qu'elle a pensé...

Il répéta lentement :

— Du moins l'inspecteur de police a-t-il reconnu formellement que je n'ai pas commis ce vol...

Pourquoi donc cette affirmation ne suffisait-elle pas à dissiper la gêne ? Puisqu'il était innocent, quelle raison y avait-il de le regarder avec cette expression de tristesse et de méfiance ?

— Écoutez, Serge...

Il tressaillit. Elle l'appelait rarement par son prénom, et jamais en présence de la jeune fille.

— ... Je peux parler devant Hélène, puisqu'elle a

écouté tout ce que racontait le laitier... Il est venu voilà moins d'une demi-heure, par le raidillon... L'inspecteur...

Elle hésitait. Elle observait sa fille dont les pommettes étaient marquées de deux petits disques d'un rouge maladif. Elle soupira.

— C'est peut-être un piège... Il a posé beaucoup de questions dans le pays... Il a fouillé vos bagages, ce matin... Il a surtout insisté, après avoir vu votre photographie, pour savoir quelles langues vous parliez et d'où vous receviez votre argent et votre courrier.

M. Serge ne bougea pas, mais il sembla qu'il avalait sa salive.

— Il paraît qu'il a bien recommandé qu'on ne vous en parle pas... Entre autres — c'est Mme Keller qui l'a dit au laitier — il a cherché dans vos vêtements les étiquettes des tailleurs...

— Pourquoi ?

— Je ne sais pas... Ou plutôt... Sans doute vaut-il mieux que je vous dise toute la vérité... Vous en ferez ce que vous voudrez... Pendant une heure, il a montré à tout le monde une sorte de petit livre qu'il avait en poche... Un livre contenant le portrait et le signalement des gens recherchés par la police... Il désignait une photo... Il demandait :

» — Le reconnaissez-vous ?...

Une allumette craqua. C'était M. Serge qui allumait lentement une cigarette, comme il avait la permission de le faire dans cette maison amie. Il jeta le tison éteint dans le foyer.

— Le laitier a vu le portrait, lui aussi... Il m'a dit que cela vous ressemblait sans vous ressembler...

Morrow sourit tout en fixant une fleur du tapis qui, posé au milieu du hall, laissait un grand espace de pavés bleus à découvert.

— En dessous, il n'a eu le temps de lire qu'un nom, parmi d'autres indications... Ou plutôt un mot écrit en guise de nom : le Commodore...

— C'est tout ce qu'il a raconté ?

— Non ! L'inspecteur n'a pas caché qu'il s'agissait d'une prise sensationnelle, que plusieurs pays y étaient intéressés et qu'il y aurait des primes importantes pour ceux qui aideraient à la découverte de la vérité... Si bien que, dans les trois hôtels de la Schlucht, et jusqu'au bazar, tout le monde vous épie...

M. Serge fit tomber sa cendre dans le foyer, commença d'une voix égale :

— Savez-vous pourquoi Mme Van de Laer m'a interpellé sur le chemin ?

Hélène braqua sur lui un regard passionné.

— Que je vous dise d'abord que, si ce n'est pas moi qui ai volé, c'est elle... Toutes les preuves matérielles sont contre elle !... Elle m'offrait cent mille francs... Cent mille francs, sans doute, pour prendre la responsabilité sur moi et pour fuir... Et elle a feint de croire que je suis un certain Thomas Fleischman, qu'elle a rencontré jadis à Budapest...

Il regarda la jeune fille, comme pour la prendre à témoin.

— Elle est partie la rage au cœur, parce que je lui ai dit que je ne connais pas Fleischman, que je n'ai pas volé, que je n'ai pas besoin d'argent...

— Et celui que vous avez rapporté de votre voyage à Munster ?... fit impétueusement Hélène.

Il y eut une pointe de tristesse dans son sourire, mais surtout une pointe d'attendrissement. Cette impétuosité ne trahissait-elle pas des sentiments dont la jeune fille, elle-même, ne se rendait sans doute pas compte ?

La mère le remarqua, tressaillit, baissa la tête.

— Il n'existe pas que de l'argent volé... dit-il.

Puis il tendit l'oreille. On entendait le ronronnement d'une auto qui pénétrait dans le parc. Puis, après un claquement d'une portière, des pas sur les marches de bois du perron.

— Le brasseur... reprit-il tandis que la jeune fille sortait vivement de la pièce et gagnait le premier étage.

Il laissa sonner. Il n'ouvrit pas la porte et Mme Meurice elle-même attendit que la bonne vînt introduire le visiteur.

C'était un homme plus grand que M. Serge, plus épais, à la chair drue, trop nourrie, d'un rose indécent, aux lèvres épaisses.

Il feignit de ne pas voir Morrow, marcha vers l'hôtesse, s'inclina pour lui baiser la main de sa bouche goulue et lança avec intention :

— Je suis accouru pour m'assurer que cette pénible affaire ne vous donnerait pas le moindre embarras...

— Vous êtes trop aimable...

Il ignorait toujours M. Serge. Il remettait son manteau et son chapeau à la domestique. Il soufflait, cherchait un cigare dans la poche extérieure de son veston où il y en avait toujours un assortiment dont les pointes dépassaient.

Et ce fut le silence. Un silence obstiné de la part du brasseur, qui attendait le départ de l'intrus. Un silence angoissé de la part de Mme Meurice.

On n'entendait que les pas menus de la bonne qui ressemblait à une fourmi ouvrière.

— Après l'orage, les routes sont dangereuses, se résigna à grommeler le brasseur. Trois pins ont été abattus à mi-chemin de Munster...

M. Serge s'approcha lentement de la maîtresse de maison, hésita à lui tendre la main, s'inclina, murmura :

— Il est temps que je descende...

Elle fit mine de se lever, mais il ne lui en donna pas le temps. Déjà il tournait le bouton de la porte. Il était dehors. A la barrière, seulement, il se retourna.

Un rideau se rabattit brusquement, à la fenêtre d'Hélène.

Ce n'était pas encore le crépuscule. C'était la grisaille uniforme d'une laide après-midi d'automne. Un coup de vent souleva les pans de la cape verdâtre et M. Serge dut lutter pour les ramener à lui.

La pénombre avait envahi les pièces du chalet. Dans le hall, les contours des gens et des choses devaient être indécis.

Le promeneur fut comme allégé en voyant les fenêtres s'éclairer brusquement.

N'était-ce pas une intention de Germaine Meurice à son égard ? Tant qu'il avait été là, elle ne s'était pas aperçue de la demi-obscurité. Elle était seule avec le brasseur lippu. Il restait maître du terrain. Alors elle avait dû sonner, sans bouger de son fauteuil, dire à la bonne :

— Faites donc de la lumière et fermez les volets...

La servante les tirait un à un, penchant chaque fois le buste, tandis que le vent soulevait sa collerette.

M. Serge attendit qu'elle fût au dernier. Puis il s'en alla lentement, en regardant les cailloux devant ses pieds.

4

Le nez du Commodore

Les deux lampes à gaz de pétrole étaient insuffisantes pour éclairer la vaste pièce. C'est pourquoi, sans doute, chaque soir, les trois tables occupées avaient l'air de se blottir dans leur cercle lumineux, près du comptoir.

Il y avait la table de M. et Mme Keller, la table de l'ingénieur Herzfeld et celle de M. Serge.

D'habitude, la conversation était paresseuse, entrecoupée du bruit des fourchettes et des verres, du trottinement des petites servantes.

Parfois on les entendait chuchoter dans la cuisine.

— C'est mon tour !

— Ah ! non. A midi, c'était encore toi...

C'était à qui, de Gredel ou de Lena, servirait M. Serge. Gredel était un tout petit peu plus blonde, avec les traits enfantins. Mais Lena avait les formes moins potelées, ce qui la faisait paraître moins femme.

— Écoute ! tu lui porteras le dessert...

Mais ce soir-là Gredel et Lena regardaient le pensionnaire avec des yeux tristes qu'alourdissaient des reproches. Et les deux autres tables semblaient ignorer M. Serge, poursuivaient une conversation où il n'avait aucune part. Une conversation qui ne lui en était pas moins destinée, indirectement.

Mme Keller s'adressait à l'ingénieur.

— Vraiment, vous n'avez jamais rencontré M. Kampf ? Il est vrai qu'il passe le plus souvent aux heures où vous n'êtes pas ici. C'est le plus gros brasseur de la région. Un homme qui a ramassé quatre ou cinq millions pour le moins. C'est de sa bière que vous buvez...

Elle observait M. Serge à la dérobée.

— Il a débuté comme camionneur, puis il a épousé la fille de son patron, qui était brasseur... Oui ! Il est probable que le mariage était nécessaire pour les raisons que vous devinez... Maintenant il est veuf, mais j'ai l'impression qu'il ne le restera pas longtemps et que la dame du chalet deviendra bientôt Mme Kampf...

Le visage de Mme Keller n'était pas méchant. Pourtant il était trop tendu. On y sentait une volonté bien arrêtée de sonder M. Serge, voire de se venger de lui.

— Elle est veuve aussi...

— Elle a une fille, je crois ? interrompit l'ingénieur. Elle vient de temps en temps au chantier regarder travailler la scie... A la place de ce M. Kampf, je crois que je choisirais plutôt la fille que la mère...

— La mère n'est pas mal... Un peu maniérée... Des gens qui, paraît-il, ont eu une situation beaucoup plus brillante... On m'a dit que, du vivant du mari, ils avaient chauffeur, valet de chambre, et tout... La gamine n'allait pas à l'école, mais était élevée par une institutrice anglaise... Tout ce que je leur reproche, c'est d'être trop fières... Jamais elles ne mettraient les pieds ici... N'empêche que Mme Meurice va épouser un jour ou l'autre un ancien camionneur...

A moins de deux mètres des autres tables, M. Serge était aussi isolé que s'il se fût trouvé à l'autre bout de la pièce. Il mangeait sans bruit, avec des gestes adroits qui faisaient toujours l'admiration de Gredel et Lena. C'était un enchantement de le voir manier couteau et fourchette, sans souci apparent, découper avec aisance les morceaux les plus difficiles, les piquer au bon endroit et les porter à ses lèvres avec un léger mouvement de la tête en avant.

— Quand ils seront mariés, ils garderont sans doute le chalet comme maison de campagne... Mais je me réjouis de voir si le brasseur n'obligera pas sa femme à être moins hautaine... Il est commerçant avant tout !... Nous sommes de bons clients... Il le sait bien et il ne passerait jamais devant la maison sans s'arrêter... Tiens !... voici Fredel...

C'était le pisteur du *Grand Hôtel*, qui venait souvent, le soir, bavarder au *Relais d'Alsace* en buvant un verre de bière. Un grand garçon roux, aux yeux doux, à l'accent alsacien prononcé, qui passait toutes ses journées en face de la pompe à essence de l'hôtel, près du panneau couvert d'indications topographiques.

Dès qu'une voiture, arrivée en haut de la côte, s'arrêtait, on voyait Fredel s'approcher, les mains dans les poches, attendre quelques instants, timide, embarrassé. Puis, sans regarder les gens, il récitait :

— Col de la Schlucht, ancienne frontière allemande... Douze cent trente mètres d'altitude... Belle vue sur l'Alsace... Lac Blanc et lac Noir à douze kilomètres... Ce que vous apercevez ici, c'est ce qui reste du poteau frontière que les Français ont brisé en arrivant... On fait des prix spéciaux pour la pension...

Et il s'éloignait de quelques pas, le regard fixé aux roues de la voiture.

— Une bière, Lena !

Il venait de s'asseoir près de la table des patrons. Et Nic lui demandait en patois :

— Du monde, chez vous ?

— Pas de nouveaux arrivés... Toujours les Hollandais... Ils nous donnent assez de mal... Ils ont exigé que le trou du mur soit rebouché avec de la brique... Puis ils ont visité toutes les chambres et ils ont choisi les meubles qui leur plaisaient... Enfin ils font leur menu... Et je ne parle pas de leur chauffeur, qui fait encore plus de manières... Il a refusé de manger à l'office avec nous...

» Enfin ils demandent des communications téléphoniques impossibles, avec Bruxelles, Amsterdam, Paris... Il faut que tout le monde s'occupe d'eux... Les sonneries marchent du matin au soir...

» Au dîner, ils se sont disputés et la femme s'est levée tout à coup, furieuse, et est allée s'enfermer dans sa chambre...

Fredel regardait M. Serge à la dérobée mais n'osait pas lui adresser directement la parole.

Combien de verres, pourtant, ils avaient bu ensemble, le soir, dans cette même salle, avec Nic !

— C'est vrai que la police doit revenir ?

— Il paraît ! répondit Mme Keller. Ce n'est pas fini...

Lena servait un gâteau à M. Serge, hésitait, retirait un morceau de fil blanc qui se trouvait sur la manche du pensionnaire. Et elle avait un petit air rageur, car ce morceau de fil ne devait pas venir du *Relais d'Alsace*, mais du chalet, là-haut. Elle s'éloigna en se dandinant, lança à Gredel :

— Tu serviras le café, toi !

Les autres soirs, l'atmosphère était intime. Le dîner fini, la conversation devenait générale. Mme Keller montait se coucher la première. Dans le coin proche du comptoir, les servantes épluchaient les légumes pour le lendemain. Et les hommes bavardaient, à moins que Nic proposât une partie de cartes.

M. Serge se leva. Les autres attendirent sans savoir ce qu'ils devaient faire. Mme Keller tenait bon, restait glacée, mais Nic et Fredel avaient honte de leur propre attitude.

— Bonsoir ! Vous me donnerez ma bougie, Lena ?

C'était la première fois qu'il ne buvait pas son verre de mirabelle ou de quetsche avant de se coucher. On l'entendit qui montait l'escalier, ouvrait une porte, à l'étage.

Dans la salle, on attendit un moment, en silence. Ce fut Nic Keller qui soupira, mal à l'aise :

— Quand même !... Si ce n'était pas lui !...

A dix heures du matin, un voyageur débarqua de l'autocar donnant la correspondance aux trains de Gérardmer. On le remarqua d'autant plus qu'il se dirigea sans hésiter vers le *Relais d'Alsace*, son sac de voyage à la main, et s'assit dans un coin sans demander le moindre renseignement.

— Vous déjeunez ici ? s'enquit Mme Keller.
— C'est probable. J'attends quelqu'un.
— Par l'autocar de Munster ?
— Non.

Et ce fut tout. Il tira un dossier de son sac et se mit à lire des feuillets dactylographiés, tout en commandant des saucisses avec de la bière en guise de casse-croûte.

Un homme tout petit, tout rond, au visage quasi enfantin que des moustaches claires, taillées en brosse à dents, rendaient encore plus flou.

Il n'avait pas regardé le panorama. Assis près d'une des fenêtres, dont son coude frôlait les géraniums, il lisait, en jetant parfois un coup d'œil à l'horloge dont le carillon semblait l'étonner.

M. Serge était sorti, comme d'habitude, pour sa promenade du matin. L'auto des Van de Laer était rangée devant le perron du *Grand Hôtel*, sans bagages, ce qui indiquait qu'il ne s'agissait que d'une promenade à Gérardmer, à Munster ou ailleurs.

Un peu plus tard, on perçut le bruit d'une moto qui stoppa bientôt devant l'auberge.

L'inspecteur Mercier en descendit, marcha, la main tendue, vers le voyageur qu'il salua avec une pointe de déférence.

— Il y a longtemps que vous êtes ici, monsieur le commissaire ? Je m'excuse. Au moment de partir, j'ai eu une longue conversation téléphonique avec Berlin. La réponse au sujet de... Vous avez fait bon voyage, au moins ?...

Ensuite ils parlèrent si bas que Mme Keller, de son comptoir où elle feignait d'écrire, ne put rien entendre. Ce ne fut qu'après un quart d'heure qu'elle fut interpellée.

— M. Morrow est sorti ?

— Il ne va plus tarder à rentrer. C'est l'heure où il prend son apéritif.

Et les chuchoteries recommencèrent, accompagnées de froissements de papier et de grattements de plume.

Le petit homme grassouillet était M. Labbé, commissaire aux Renseignements généraux, à Paris.

— Je me trompe peut-être, disait l'inspecteur Mercier. J'ai néanmoins cru de mon devoir d'avertir mon chef, qui s'est mis aussitôt en rapport avec Paris. C'est exact que vous avez arrêté deux fois le Commodore ?

— La première fois voilà dix ans, la seconde il y a seulement quatre ans, à Nice...

— Et il n'a pas été condamné ?

— Il n'a même pas été poursuivi. A Nice, il s'appelait Morton et il était connu de toute la colonie américaine qui a répondu pour lui. Il y avait d'ailleurs une Mme Morton, une grande bringue de Yankee couverte de bijoux, qui avalait le champagne comme de l'eau...

— Il ne nous passe pas d'affaires de cette envergure par les mains, à Strasbourg. Qu'est-ce que le Commodore avait fait ?

— Son coup classique, qu'il a dû réussir une bonne vingtaine de fois. Descendu au *Negresco,* il menait une vie fastueuse, avec sa femme. Il était très répandu dans le monde élégant et on le voyait chaque soir au casino où il taillait les plus grosses banques. Beaucoup d'amis, dont un M. Nitti assez mystérieux. Un soir, le Commodore et M. Nitti sablent le champagne en compagnie d'un Égyptien arrivé le matin même. Une heure plus tard, on apporte à M. Nitti une enveloppe qu'il ouvre devant ses amis et dont il tire de nombreux billets de mille francs...

» — C'est votre banque qui m'envoie cet argent ? demande M. Nitti au Commodore.

» — Oui ! votre part de bénéfices sur l'affaire des Pétroles...

L'inspecteur Mercier écoutait, bouche bée.

— Je ne vois pas comment...

— Attendez ! M. Nitti et l'Égyptien restent seuls. M. Nitti parle de son ami Morton (le nom du Commodore à ce moment-là), qui est dans la haute finance américaine et plus au courant que quiconque des affaires de Bourse. Il affirme que Morton lui a fait gagner un demi-million en trois jours. Par amitié, il consentirait peut-être à donner des tuyaux à l'Égyptien...

» Et voilà celui-ci qui ne rêve plus que de spéculer avec le fameux financier ! Morton se fait tirer l'oreille.

57

Il ne veut laisser jouer ses amis qu'à coup sûr. Une semaine passe. M. Nitti vient trouver l'Égyptien...

» — Ça y est ! Un coup fameux !... Morton met cinq millions ! J'en mets deux. Il en faut dix. Est-ce que vous êtes de taille ?...

» L'Égyptien a des fonds dans une banque de Marseille. Les trois hommes partent en voiture. Morton tient à la main une serviette qui contient soi-disant les sept millions. L'Égyptien retire trois millions de sa banque et l'argent va rejoindre le reste dans la serviette...

» Il est l'heure de déjeuner. Les trois hommes s'attablent chez *Pascal*. A deux heures, Morton dit à M. Nitti :

» — Si vous alliez seul chez mon agent de change verser les fonds ?... Cela nous permettrait de prendre notre café tranquillement... Dites-lui bien que c'est la couverture de l'opération dont je lui ai parlé...

» M. Nitti s'en va. Café. Pousse-café. Quatre heures. Inquiétude.

» — Vous permettez que je téléphone à mon agent de change pour savoir si c'est lui qui a retenu notre ami ?

» Et M. Morton revient, désolé, de la cabine téléphonique. Il est blême. Il serre les dents. Il annonce :

» — Nous sommes les victimes d'un filou ! Ce Nitti n'a pas déposé les fonds. L'agent de change ne l'a même pas vu...

Et le commissaire Labbé cligna de l'œil, alluma un voltigeur.

— Voilà la méthode ! Le Nitti introuvable, bien entendu, ainsi que les trois millions de l'Égyptien ! Morton qui porte plainte. Je l'ai longuement interrogé. Pas une fissure dans sa défense. Il est plaignant ! Il est victime ! Il promet deux cent mille francs à la police si elle met la main sur Nitti. Trois semaines après il quitte Nice et on ne retrouve plus sa trace. Vous y êtes ? Il a rejoint Nitti dans je ne sais quel pays et partagé l'argent. Il a payé le prix convenu à une jeune femme pour être Mme Morton pendant quelques semaines. Il liquide ! Car jamais il ne travaille deux fois avec ses complices. Il refera le même coup, avec quelques variantes, à Marienbad, à Beyrouth ou à Calcutta. Et jamais il ne donnera prise à la police qui, à plusieurs reprises, a été forcée de lui présenter des excuses...

» Car, si on n'a pas pu prouver qu'il était un escroc, on n'a pas pu établir non plus que le Commodore de Nice était le même que celui arrêté à Vienne huit ans plus tôt, à Londres en 1921, à Amsterdam en 23...

» L'Égyptien lui-même a refusé de porter plainte contre lui en prétendant que c'était un gentleman insoupçonnable. Et savez-vous pourquoi ? Le jour même du vol, Morton mettait cinq cent mille francs à sa disposition afin de lui permettre de faire face à ce coup dur...

Le commissaire avait parlé d'une voix égale. Il leva ses yeux clairs vers son interlocuteur.

— Si c'était lui !... murmura l'inspecteur, tout frémissant déjà de l'orgueil d'une telle capture.

Une silhouette se détachait sur la route. M. Serge, avec sa cape verdâtre, sa canne noueuse à la main, descendait du Hohneck, s'arrêtait un instant devant la Packard qu'il admirait, se dirigeait enfin vers le *Relais d'Alsace*.

Gredel essuyait les tables. Lena dressait les couverts pour le déjeuner. Nic Keller était à la cuisine, en train de plaisanter avec le chef.

La porte s'ouvrit. M. Serge secoua ses chaussures en les frappant contre le seuil. Il reconnut l'inspecteur, le salua d'un signe de tête et questionna tout en retirant sa cape :

— C'est pour moi ?

Et, à Gredel :

— Un vermouth, petite.

Mercier ne le regardait pas, mais fixait le commissaire, pressé de connaître ses impressions, de savoir si M. Serge et le Commodore ne faisaient qu'une seule et même personne.

— Présentez-nous ! lui dit M. Labbé.

— Comme... comme... ?

L'autre le fit lui-même.

— Commissaire Labbé, des Renseignements généraux. Voulez-vous nous faire l'honneur de vous asseoir à notre table ?

De sa main grassouillette, il referma le dossier étalé.

— Vous êtes venu de Paris tout exprès pour cette affaire ? questionna M. Serge sans émotion.

Et il se laissa tomber sur une chaise à fond de paille, soupira :

— Je crois que j'ai exagéré !... Douze kilomètres, à jeun...

— Bah ! vous en avez fait plus que ça dans les Carpates...

L'inspecteur n'était décidément pas de taille. Il ne pouvait cacher ses impressions. Il était jeune. Ses yeux disaient : « Vlan !... Réponds à celle-là !... »

Mais M. Serge tournait vers le commissaire son visage un peu empâté, un peu terne. Ce matin-là, il paraissait plus vieux. Et pas seulement plus vieux, mais malade. Il faisait penser à un homme qui suit un régime, qui s'inquiète des battements de son cœur, du fonctionnement de ses reins ou de son foie.

— Les Carpates ?... répéta-t-il avec étonnement.

— A moins que ce soient les Alpes... Vous êtes un grand voyageur, je crois...

— Même pas !... Un citoyen à qui une petite fortune et le goût de la liberté ont permis de faire quelques promenades dans le monde...

— Sous des noms assez différents, comme Morton, Fleischman, Arthur Véricourt...

— Merci, petite ! dit M. Serge en prenant son verre des mains de Gredel.

Et, au commissaire :

— Je suppose que vos paroles ont un but déterminé... Permettez-moi de vous dire que je ne comprends pas...

Il parlait très simplement, avec l'air de s'excuser.

— Je me suis toujours appelé Morrow, du nom de mon père, et je n'ai jamais jugé ce nom déshonorant, si bien que jamais je n'ai éprouvé le besoin d'en changer. J'ai tout lieu de croire qu'il y a méprise et que...

Est-ce que seulement le commissaire écoutait ? Il se penchait. Il avait le visage à moins de trente centimètres de celui de son interlocuteur. Il était aussi attentif que s'il eût voulu lui retirer une poussière de l'œil.

Et M. Serge se laissait poliment examiner.

— Pardon... Qu'est-ce que... ?

— Vous n'avez jamais eu d'accident ?

— Jamais. Pourquoi ?

— A Hambourg, par exemple...

L'autre se montrait étonné, attendait.

— Une balle de revolver qui frôlerait le nez...

M. Serge se leva.

— Je suis désolé, messieurs. Je ne comprends pas. On m'a accusé d'un vol que je n'ai mathématiquement pas pu commettre. Aujourd'hui, vous me faites galoper dans les Carpates et essuyer des coups de feu à Hambourg. J'ai traversé un ruisseau tout à l'heure et je vous demande la permission d'aller changer de chaussures...

Le commissaire acquiesça d'un battement de paupières, tandis que son interlocuteur s'éloignait.

— Eh bien ? questionna l'inspecteur, la porte à peine refermée.

— Rien !

— C'est lui ?

Un geste vague.

— C'est lui et ce n'est pas lui. C'est lui vieilli, plus mou, plus bourgeois ! Lui sans les nerfs, sans le ressort, sans la race du Commodore ! Lui qui serait devenu un petit rentier soignant sa santé ! Sans compter qu'il n'a pas de cicatrice...

— Le Commodore... ?

— ... A eu le nez presque enlevé par une balle, à Hambourg, comme je l'ai dit tout à l'heure...

— Si bien que... ?

— Je ne sais pas. Je vais quand même rester ici quelques jours. C'est lui qui a trouvé la démonstration du trou dans le mur ?...

— Oui ! J'avais vu le trou. J'ai eu le tort de ne pas essayer, en y passant le bras, d'atteindre la mallette...

Dans sa chambre, M. Serge changeait de souliers, lentement, se lavait les mains.

— Est-il possible de supprimer complètement une cicatrice ? demandait l'inspecteur.

— Pour notre œil, oui ! Pour celui d'un chirurgien, non !

— Dans ce cas...

— Pardon ! J'ai presque l'œil d'un chirurgien.

— Et... ?

— Il n'y a pas de cicatrice... Pourtant...

Il y eut un silence. Gredel essuyait la table voisine, sans faire de bruit, afin d'entendre.

— Je jurerais que c'est lui... Servez-nous des apéritifs, mon enfant !

— Qu'est-ce que vous désirez ?

— N'importe quoi ! Du porto...

— Il n'y en a pas.

— Du vermouth...

Le verre de M. Serge était toujours sur la table. Tandis que Gredel s'approchait du comptoir, le commissaire Labbé articula lentement :

— Quelque chose comme un Commodore déchu... Un Commodore pauvre...

Ces deux mots accolés le firent sourire. Il ajouta pour l'édification de l'inspecteur :

— La police internationale évalue le montant de ses escroqueries à plus de trente millions.

Des pas dans l'escalier. Les jambes de M. Serge qui apparaissaient.

— Vous pourrez retourner à Strasbourg aussitôt après le déjeuner ! dit M. Labbé à son compagnon. Nous allons simplement aller ensemble jeter un coup d'œil en face. A quoi ressemblent ces Van de Laer ?

— Des gens très bien, très riches, qui...

Ce furent les seuls mots que M. Serge entendit, car les deux hommes franchissaient déjà le seuil.

Il ne devait pas avoir beaucoup de chaussures car, pour remplacer celles qui étaient mouillées, il avait dû mettre des souliers vernis.

5

Allées et venues

Le lendemain, c'était samedi et, dès le matin, le *Relais d'Alsace* prit sa physionomie de fin de semaine. Nic mit une veste propre et tailla la barbe en pointe qui lui donnait l'air d'un faune. Il fallut téléphoner de dix côtés différents. Mme Keller s'agitait à la cuisine.

— Combien de côtelettes ? Vingt-quatre ? Et cinq livres de chair à saucisse ?...

Gredel et Lena renversaient des seaux d'eau savonneuse sur le carrelage de la salle qu'elles frottaient à la brosse en chiendent.

A neuf heures, le boulanger arriva bon premier, empila des pains sur une table, puis, sur une autre, des gâteaux en forme de couronne, s'approcha du comptoir.

— Ça va, vieux Nic ?
— Et en bas ? Qu'est-ce qu'on raconte ?...
— Pas grand-chose !... Dis donc, la fanfare des cheminots a loué deux autocars pour venir ici demain...

Machinalement, Nic regarda le ciel. Une autre voiture arrivait, de Gérardmer, celle-ci, et le charcutier en blouse rayée entrait, serrait la main du boulanger et celle de Nic.

— Alors, sacré voleur !... Tiens ! monsieur Serge... Vous n'êtes pas malade, au moins ?...

Car M. Serge était assis dans un coin en attendant que sa place fût envahie par les deux laveuses. Il se tenait tellement tranquille qu'on oubliait sa présence.

— C'est le foie ? continuait gaiement le charcutier. Dans ce cas-là, je vais vous donner un remède qui...

On téléphonait. Le directeur de la fanfare annonçait l'arrivée des deux autocars pour le lendemain à trois heures.

— Du pâté chaud pour soixante-deux !... cria Mme Keller, tournée vers la cuisine.

D'habitude, c'était la meilleure journée de M. Serge. Il connaissait tous les fournisseurs, les conducteurs d'autocars et les clients habituels. Il regardait les victuailles s'entasser sur les tables, la patronne qui reniflait les poulets ou appréciait du doigt le moelleux des gâteaux.

— Une tournée pour moi !

On avait des nouvelles de Munster, de Colmar, de Gérardmer. Et même des nouvelles du *Grand Hôtel* !

— Qu'est-ce qu'ils ont commandé, en face ? ne manquait pas de s'informer Mme Keller.

— Six cervelles de veau et un gigot...

— Six cervelles pour dix-huit pensionnaires !

Et les torchons faisaient reluire les verres. On arrosait les géraniums. A midi, Gredel et Lena, les cheveux sur la figure, sales et mouillées des pieds à la tête, regardaient fièrement leur œuvre, troquaient leurs sabots contre des pantoufles et allaient s'habiller.

Ce samedi-là, M. Serge ne participait pas à la vie de la maison. Il avait un journal devant lui mais on n'aurait pas pu jurer qu'il lisait.

Et tout le monde l'observait à la dérobée, tout le

monde était plus ou moins différent, comme si l'humeur du locataire eût déteint sur les autres.

C'est aussi qu'on ne savait plus rien. La veille, les deux policiers s'étaient rendus au *Grand Hôtel* où ils avaient eu un long entretien avec M. et Mme Van de Laer. Puis l'inspecteur Mercier était retourné à Munster où il avait une enquête à achever.

Le soir, on avait vu le commissaire Labbé se diriger vers le tournant de la route et bientôt il avait été rejoint par Fredel. Ils avaient causé de longues minutes, dans le crépuscule encore un peu rouge de soleil.

Et Fredel, en arrivant au *Relais d'Alsace*, n'avait rien voulu dire.

— Il m'a posé des questions...

M. Serge était dans la salle. On n'osait pas parler bas. Nic avait fini, tant il était embarrassé par cette situation, par s'approcher de lui.

— Une petite partie de jacquet ?

Cela ne plaisait pas à sa femme. Elle était nerveuse. Le commissaire ne rentrait pas, était rejoint bientôt sur la route par une femme de chambre d'en face, puis par une fille de salle.

Tout cela était énervant, parce qu'on ne savait toujours rien et que M. Serge s'obstinait à rester à sa place habituelle. Il joua au jacquet. Le policier rentra vers dix heures et écrivit trois longues lettres qu'il alla jeter lui-même à la boîte avant de se coucher.

Mme Keller monta la première. Nic et le pensionnaire restèrent seuls à agiter les dés.

— Dites donc !... Il ne faut pas faire attention aux airs de ma femme... Vous savez comment ça va...

Et, après un moment de réflexion :

— Moi, que vous soyez M. Morrow ou que vous soyez je ne sais qui... Hum !... Une mirabelle, avant d'aller dormir ?...

Et, avec une œillade :

— Qu'est-ce que vous pensez de la poule d'en face ?... Elle doit le tromper à tour de bras, hein ?...

La journée s'annonçait encore plus morne. Vers neuf heures, on avait vu Van de Laer partir vers le Hohneck avec tout un attirail d'alpiniste.

Cinq minutes plus tard, le commissaire Labbé pénétrait au *Grand Hôtel* et maintenant il devait toujours être en conversation avec Mme Van de Laer.

Fredel faisait les cent pas en attendant les autocars.

Et Nic, selon son habitude, trinquait avec tous les fournisseurs.

— T'es content de ta nouvelle camionnette ?... C'est vrai qu'hier le gros Pierre était tellement chargé qu'il est resté en panne au milieu de la côte ?...

Une auto s'arrêta, une torpédo sans luxe, à la capote déteinte. Le brasseur Kampf en sortit, ses gros mollets serrés dans des guêtres de cuir, le ventre en avant, le visage congestionné. Il tâta le radiateur, entra au *Relais d'Alsace*.

— Va donc verser un broc d'eau fraîche dans le radiateur, mignonne...

Et il tapota la tête de Gredel, vint serrer la main de Nic, avec l'air protecteur du seigneur de la région.

— Les affaires ?...

— Comme ci, comme ça...

— Le camion va passer avec les six barriques... Bonjour, madame Keller... Toujours dans vos additions !...

Mais c'était M. Serge qu'il cherchait de ses yeux à fleur de tête. Quand il le trouva, il ne lui adressa pas la parole, devint seulement beaucoup plus joyeux.

— Je crois qu'un de ces jours je vous ferai une

bonne surprise, madame Keller !... Quelque chose à quoi vous ne vous attendez pas du tout... Quelle heure est-il ?... Tu as mis de l'eau, mon enfant ?... Tiens ! Voilà pour t'acheter un ruban...

Et il lui tendit une pièce de dix sous, d'un geste large.

— Cette canaille de Nic ne fait pas trop de misères à ces petites ?... Hé ! il est temps que je file... Préparez-vous à la surprise, madame Keller... Et tenez !... Je ne dis rien... Tâchez seulement de jeter un coup d'œil dans ma voiture quand je repasserai !...

Il donna une tape sur le ventre de Nic, poussa un soupir d'homme poussif, sortit, après un dernier regard au pensionnaire.

— Il va encore chez Mme Meurice... remarqua l'aubergiste qui avait gagné la porte où il se tenait appuyé à ses béquilles.

— C'est bien son droit... Ils sont veufs tous les deux...

— A moins que ce soit pour la fille ! plaisanta Nic avec un rire équivoque. Elle n'est pas mal... Si elle n'était pas tuberculeuse... Mais il a de la santé pour deux, l'animal...

C'était le tour du facteur. Coup de vin d'Alsace. M. Serge le regarda trier le courrier avec l'air d'attendre quelque chose, mais il n'y avait rien pour lui.

Et l'eau savonneuse gagnait son coin.

— Vous ne voudriez pas vous mettre ailleurs ? dit Lena. Attendez... Essuyez vos pieds à mon torchon...

Elle rougissait, maintenant, chaque fois qu'elle devait lui adresser la parole.

— Kampf qui revient ! annonça Nic qui regardait la torpédo descendre la côte du Hohneck. Tiens ! Tiens !... Il emmène les deux dames...

M. Serge se leva. A travers les petits carreaux des

fenêtres, il aperçut Mme Meurice assise à côté du brasseur et il devina, derrière eux, la présence d'Hélène. Mais l'homme fut seul à se tourner avec un sourire de défi vers le *Relais d'Alsace.*

— Pas malin de deviner la surprise !... C'est un mariage avant un mois...

Mais Mme Keller haussa les épaules, comme si le choix de M. Kampf lui eût déplu.

— Elle est encore appétissante, cette Mme Meurice... Et le chapeau noir et blanc qu'elle a mis ce matin lui va bien...

— Des paniers percés !... riposta sa femme. Demande plutôt au boucher !... Trois cents grammes de viande deux fois par semaine !... Et pas du filet !... De la tranche, ou du pot-au-feu... Et il y a la femme de chambre et le jardinier à nourrir... Seulement, cela ne ferait pas trois cents mètres sur la route sans chapeau et cela ne salue personne !... Depuis trois ans qu'ils prennent le lait et le beurre à la ferme, ils n'ont pas une seule fois acheté un poulet...

— Kampf est assez riche pour deux et même pour trois... Et, ce qui l'intéresse, c'est peut-être d'avoir à la fois la vieille et la jeune !... fit Nic avec un rire excité. Tiens ! voici son camion... Ouvrez la trappe, les enfants...

C'était la bière qui arrivait, les tonneaux qu'il fallut rouler jusqu'à la trappe dans laquelle on les descendait avec une poulie.

— C'est vrai que le patron épouse la dame du chalet ? questionna Nic.

— Sais pas s'il les épouse !... En tout cas, il est bien joyeux et je me suis laissé dire qu'il faisait aujourd'hui une belle affaire... Vous savez où ils vont comme ça ?... Je les ai croisés sur la route... Chez le notaire !... Il leur rachète le chalet, de la main à la main, comme on dit... Et pour pas cher... Soixante mille, d'après le comptable qui est au courant...

— Soixante mille ! s'écria Mme Keller. Mais, quand les Meurice sont arrivés dans le pays, voilà quatre ans, c'est Kampf lui-même qui leur a vendu la propriété quatre-vingt mille...

Le camionneur cligna de l'œil.

— Vous l'avez déjà vu perdre quelque chose ?

Nic regarda M. Serge, qui tendait l'oreille et qui était tout pâle.

— Un petit apéritif ?

Le camionneur ne refusa pas, cracha sur les carreaux propres avant de boire.

— Il les a eues jusqu'au trognon, quoi !... Et même je me suis laissé dire que c'était lui qui avait acheté la plupart des actions de la société Meurice et Cie... A l'heure qu'il est, la dame doit être en train de brûler ses dernières cartouches et si le patron n'achetait pas le chalet à l'amiable il serait mis en vente publique avant un mois... Toujours la même chose ! Suffit d'avoir de l'argent pour en gagner. A propos, c'est vrai que vous allez faire bâtir une annexe derrière la maison ?...

— On verra cela au printemps... dit Mme Keller avec un certain orgueil.

Et le camionneur regarda respectueusement les tables où il se servait assez de bière et de vin d'Alsace pour faire entrer tant d'argent dans les caisses.

— Allons ! soupira-t-il. Faut bien qu'il y en ait pour les ramasser ! Et merci...

Quand Nic regarda à nouveau M. Serge, celui-ci avait la tête entre les deux mains et contemplait fixement le sol.

— Combien de temps faut-il pour aller à Munster avec la voiture du brasseur ? questionna-t-il soudain.

— Pas plus d'une heure... Il conduit comme un fou, surtout quand il a des dames à épater.

— Vous ne voudriez pas m'emmener là-bas avec votre camionnette ?

Ces mots créèrent une gêne compacte.

— Ce ne serait pas de refus... Mais, d'abord, c'est samedi... Puis, vous oubliez peut-être que le commissaire vous a demandé de ne pas quitter la Schlucht...

C'était la première fois qu'on voyait M. Serge agité. Il serrait ses mains l'une dans l'autre.

— Quel notaire est-ce ?

— Maître Aupetit. Le même qui nous a vendu le fonds...

Il n'y avait pas de cabine téléphonique à proprement parler. L'appareil était près des lavabos et il fallait laisser la porte entrouverte pour ne pas être plongé dans l'obscurité.

— Allô !... Allô !... Maître Aupetit, s'il vous plaît... Dix minutes d'attente ?... Il n'y a vraiment pas moyen de... ?

On le vit faire les cent pas en attendant et il était si préoccupé qu'il marchait tantôt dans le mouillé, tantôt dans la partie propre de la salle. Mais Gredel, impressionnée par sa fièvre, n'osa rien lui dire. Personne ne le questionna.

La sonnerie n'avait pas encore retenti que le commissaire Labbé sortait du *Grand Hôtel*, pénétrait au *Relais d'Alsace*, adressait un salut à M. Serge et allait s'asseoir dans son coin favori où, selon son habitude, il commença à écrire.

— Vous ne renoncez pas à la communication ? insinua Mme Keller.

Non ! On sonnait enfin. Et M. Serge ne se donna pas la peine de fermer la porte.

— Allô !... Oui, à maître Aupetit lui-même... Dérangez-le, je vous en prie... C'est très urgent...

Dans la salle, toutes les têtes étaient levées et Gredel, qui continuait à laver à grands coups de brosse, se vit adresser un regard foudroyant de la patronne.

— Allô !... Maître Aupetit... Est-ce que Mme Meurice est déjà chez vous ?... Allô !... Vous dites qu'elle vient d'arriver ?... Mais il n'y a encore rien de signé, n'est-ce pas ?... Vous pouvez parler, puisque je suis au courant... Mais non !... Il n'y a pas de secret... Vous dites ?... M. Serge Morrow... Morrow, oui !...

» Pardon ! c'est votre devoir de m'écouter... Car vous allez vendre le chalet de Mme Meurice... Oui, je sais tout... Or, puisque Mme Meurice est votre cliente, vous devez vendre au meilleur prix, n'est-ce pas ?... Eh bien ! j'offre cinquante pour cent de plus que l'acheteur, M. Kampf... Peu importe le prix !... Cinquante pour cent...

» Comment ?... Mais... Je...

Et on remarquait, dans la salle, que la voix perdait de sa fermeté en même temps qu'elle devenait angoissée.

— Je ne puis vous donner des garanties comme ça, par téléphone... Tout ce que je vous demande, c'est d'attendre quarante-huit heures... Non ?... C'est impossible ?... Alors, vingt-quatre heures !... Puisque je vous dis que je ne puis pas vous donner de références bancaires... Vingt-quatre heures, et je vous apporterai les fonds... Comment ?... Mais ne coupez pas, mademoiselle !... Allô !... Le notaire Aupetit ?... Je vous en prie !... Écoutez-moi jusqu'au bout... Je suis ici à l'auberge et je ne peux pas, d'une minute à l'autre... Vous dites ?... Un instant !... Demain, c'est dimanche. Mettons lundi, à la première heure... Oui, en espèces...

» Je vous en conjure, maître Aupetit !... Tout ce que

je peux vous remettre en garantie, tout de suite, c'est une somme de quatre ou cinq mille francs... Pardon !... Et un bracelet de platine qui en vaut trente mille... Lundi, vous aurez...

» Ne coupez pas... Je... vous...

» Allô ! Allô ! mademoiselle... Nous avons été coupés... Comment ?... C'est le notaire qui a raccroché ?...

Puis un long silence. Tout le monde, dans la salle, était immobile et ce fut Mme Keller qui eut la présence d'esprit de commander par signe à Gredel de continuer à laver.

M. Serge rentra au moment précis où la brosse en chiendent recommençait à crisser sur le pavé mousseux.

Il avait le visage défait. Ses cheveux rares étaient en désordre, comme s'il se fût caressé la tête à rebrousse-poil.

Il regarda vaguement M. Labbé, avec une indifférence absolue, se laissa tomber sur une chaise et resta là, les prunelles troubles.

Au-delà des vitres, il devait voir un morceau de route, la pompe à essence rouge, le perron du *Grand Hôtel*.

Le carillon sonna onze heures et demie et un car plein de voyageurs s'arrêta sur le terre-plein. On ne l'apercevait pas, mais aussitôt après le criaillement du frein on assista à l'invasion habituelle.

— Vous avez de la bonne bière ? De la vraie bière d'Alsace ?...

Gredel et Lena s'essuyaient les mains à leur tablier, abandonnaient seaux d'eau et torchons.

— Cinq bières !... Un vin d'Alsace !... Un Dubonnet !...

Les gens faisaient le tour de la pièce, regardaient les

animaux empaillés. Et Nic, debout sur ses béquilles devant le porte-parapluies biscornu, expliquait pour la millième fois :

— C'est un morceau de l'ancien poteau frontière... Vous en voyez le socle juste devant la porte... Avant la guerre, le *Relais d'Alsace* avait une entrée en France et une entrée en Allemagne...

Les touristes examinaient consciencieusement l'objet, hochaient la tête. Un monsieur à lunettes courait après son fils.

— Viens voir l'ancien poteau frontière au lieu de marcher le nez en l'air...

Le conducteur du car serrait la main du patron.

— Il y en a trois autres aussi chargés derrière moi... Et il y aura de nouveaux arrivages... Un train de plaisir venant de Bruxelles est annoncé pour trois heures...

Il observait ses voyageurs, s'assurait que les consommations étaient servies, gagnait sa voiture où il donnait de grands coups de klaxon. Et, un peu plus tard, tout son monde autour de lui, il annonçait :

— Nous montons maintenant au Hohneck, à quinze cents mètres d'altitude... Déjeuner sur la terrasse d'où l'on domine la plaine d'Alsace et d'où l'on aperçoit la Forêt Noire... En voiture !...

Mme Keller aidait à ramasser les verres, en prévision des trois autocars annoncés.

— Amorce un nouveau tonneau de bière, Nic !

M. Serge n'avait pas bougé. Il regardait toujours droit devant lui.

— Gredel !... Lena !... Dépêchons... Qu'il n'y ait plus de seaux et de torchons dans le chemin... Vous êtes sales comme des peignes...

Mme Van de Laer, toute en flanelle blanche, sortait lentement du *Grand Hôtel*, comme quelqu'un qui vient de se lever, regardait curieusement la façade du *Relais d'Alsace* et, après avoir fait cinquante pas sur la route, s'asseyait sur la terrasse, à l'ombre d'un parasol à grandes fleurs mauves et roses.

Fredel se précipita pour allumer la cigarette qu'elle tirait d'un étui de jade, se troubla parce que par deux fois le vent éteignait l'allumette, laissa tomber sa boîte et s'éloigna enfin, tout rouge, en s'efforçant de reprendre contenance.

La jeune femme était exactement dans le champ du regard de M. Serge qui se leva, hésitant, gagna la porte, sans la quitter des yeux, et resta là, la main sur la poignée.

6

Les trois portes

Il y eut contact entre les regards de Mme Van de Laer et de M. Serge. Cela dura peut-être une seconde et M. Serge tourna le bouton de la porte, fut sur la route, où il hésita encore.

Mais non ! Elle l'appelait ! Son coup d'œil était agressif. Peut-être même le défiait-elle de la rejoindre ?

Elle ne bougeait pas de son fauteuil où un rayon de soleil venait l'atteindre et pourtant c'était tout un drame qui se jouait entre elle et l'homme qui, maintenant, s'avançait, la physionomie soucieuse.

Lorsqu'il ne fut qu'à deux pas d'elle, elle se donna le malin plaisir de regarder ailleurs, puis de se tourner vers son interlocuteur en feignant la surprise.

— Vous désirez me parler ?

Cela se passait en public. Tout le monde, y compris le commissaire, pouvait voir M. Serge debout et la Hollandaise qui lui parlait comme à un domestique.

— J'ai cru, au contraire, que vous aviez quelque chose à me dire ! répondit-il.

Il manquait de mordant. Il était prêt à s'en aller. Il semblait se considérer comme vaincu d'avance.

— On vous a laissé en liberté ?

C'était un peu écœurant. M. Serge debout, grave et triste. Mme Van de Laer trop belle, renversée dans son fauteuil, montrant toutes ses dents, le harcelant avec une joie indécente. Ainsi est-il pénible de voir des gamins taquiner un animal enchaîné, d'autant plus pénible que l'animal est plus grand, plus fort, et qu'il paraît plus humilié.

— Et vous ?... se contenta de demander l'homme.

— Je constate qu'on ne s'est pas donné la peine de vous mettre au courant... C'est crispant de vous voir debout dans le soleil... Asseyez-vous...

Elle lui désignait une chaise de fer sur laquelle il prit place. Il y avait toujours de la joie dans les prunelles qu'on devinait entre les cils mi-clos de la jeune femme.

Elle était belle, elle le savait. Elle était merveilleusement habillée. Elle portait des bijoux splendides et dans la cour son chauffeur astiquait la Packard. Il y avait du soleil et là, près d'elle, un homme qui était en même temps un adversaire.

Or, cet adversaire, elle le tenait ! Elle n'avait qu'à porter les coups. En face, derrière les fenêtres du *Relais d'Alsace*, dix personnes suivaient la scène des yeux.

Elle laissa tomber son mouchoir, pour forcer M. Serge, en le ramassant, à lui toucher presque les pieds de son front.

— Le commissaire vous arrêtera avant ce soir... Je vous avais prévenu... Vous avez fait, dans la chambre de mon mari, une jolie démonstration qui a convaincu l'inspecteur... C'était même si habile qu'un moment j'en ai été désarçonnée... Un moment dont vous avez eu tort de ne pas profiter... Voulez-vous appeler le garçon ?...

Pour cela, il fallait se lever et aller entrouvrir la porte de la salle à manger.

— Vous me donnerez un Rose très léger, garçon...

Et, comme celui-ci avait l'air d'attendre la commande de M. Serge, elle répéta :

— J'ai dit *un* Rose...

— C'est tout ce que vous avez à me communiquer ? questionna son interlocuteur qui avait compris l'intention blessante.

— Vous êtes pressé ? Vous n'êtes pas curieux de savoir pourquoi, alors qu'hier j'étais en somme l'accusée, ce rôle, aujourd'hui, vous échoit ?

Il regardait la route du côté de Munster, comme s'il s'attendait à voir arriver la voiture du brasseur.

— Posez le verre ici, garçon... Merci... Vous vous souvenez de la disposition des lieux, n'est-ce pas ?... Trois pièces formant appartement... Chaque pièce ayant une sortie sur le corridor... L'inspecteur a établi que, pendant l'absence de mon mari, les trois portes étaient fermées... Et, comme aucune serrure n'a été forcée, il en a conclu que personne n'a pu entrer...

A cette minute, elle jouissait intensément de la vie.

— De là à croire qu'un bras s'est introduit par le trou dans le mur... Mais non ! Vous prouvez par une petite expérience que c'est impossible... Vous devenez donc insoupçonnable et je reste la seule voleuse possible... C'est bien cela ?... N'empêche que ce matin tout est changé... Chacun son tour de faire une démonstration...

Nic était planté sur ses béquilles, à la porte de l'auberge, mais il feignait de regarder ailleurs. Deux autocars s'arrêtèrent et le carrefour devint bruyant.

— *Les trois portes étaient fermées...* Suivez-moi bien !... Mais elles étaient fermées de façons différentes !... Celle de ma chambre était fermée à clef d'abord, et la clef était à l'intérieur, ensuite au verrou... Celle de mon mari était fermée à clef et, cette clef, il l'avait en poche... Mais elle ne pouvait être fermée au verrou puisqu'elle avait été fermée du dehors... Reste une porte, celle de la pièce du milieu, servant de salon... Or, savez-vous comment cette porte était fermée ?...

Elle triomphait. Son regard passionné semblait dévorer le spectacle bariolé des touristes qui s'agitaient comme des mouches autour des gros autocars bleus.

— D'abord par le verrou intérieur... Ensuite par la clef, *mais cette clef était à l'extérieur...* Donc, impossible d'entrer, comme l'a dit l'inspecteur dans son rapport... Chez moi, clef et verrou... Au milieu, verrou... Chez mon mari, clef... Il ne restait qu'une chose à faire : essayer la clef de la porte du milieu sur la porte de mon mari... Or, cette clef fait parfaitement jouer la serrure... Toutes les histoires de trou dans le mur et de vol commis par quelqu'un du dedans tombent d'elles-mêmes... Il a suffi de pénétrer dans le couloir, de prendre la clef du milieu, d'ouvrir la porte de mon mari, de déchirer la mallette et de sortir tranquillement en refermant la porte et en remettant la clef à sa place...

M. Serge écoutait sans émotion, en homme qui réfléchit, mais qui n'est pas en cause.

— Vous ne comprenez pas encore ?... D'abord, vous êtes le seul habitant de la Schlucht contre qui il y ait des preuves morales... Vous passez la nuit dehors... Vous n'avez pas d'argent la veille et vous en avez le matin du vol... Vous vous prétendez à Munster et on vous aperçoit aux environs de l'hôtel à l'heure à peu près où le cambriolage est commis... Il y a beaucoup mieux !... J'ai eu la curiosité de feuilleter le registre de l'hôtel, puis de questionner la propriétaire... Or, lorsque, voilà six mois, vous êtes arrivé ici, vous avez commencé par descendre au *Grand Hôtel*, où vous êtes resté une semaine avant de vous installer en face !... Et quelle chambre aviez-vous ?... *Le 9 !...* La chambre du milieu, celle dont la clef marche si bien sur la serrure du 7...

Elle s'impatienta de le voir trop calme.

— C'est tout ce que vous répondez ?

— Où voulez-vous en venir ? murmura-t-il.

— Comment, où je veux en venir ?... La question est admirable !... Vous volez mon mari !... Vous faites en sorte que je sois accusée... J'arrive à prouver que c'est vous qui avez commis le cambriolage et vous me demandez où je veux en venir !...

Elle pouffa.

— C'est trop drôle !... Et la tête que vous faites !...

— N'empêche, dit-il rêveusement, que vous savez très bien que je n'ai pas commis ce vol.

— Encore ?

— Donc, vous poursuivez un but déterminé en me faisant arrêter... Mais savez-vous que les conséquences de cette arrestation peuvent être beaucoup plus graves qu'il y paraît ?... Savez-vous que vous sacrifiez d'autres personnes, qui ne vous ont rien fait ?... Ce matin même, une catastrophe se produit...

— Ici ?

Elle feignit de regarder autour d'elle en cherchant les traces de la catastrophe en question.

— N'ironisez pas !... J'ignore pour qui vous travaillez...

— Moi ?... s'écria-t-elle, au comble de la joie. Pour qui je travaille ?... Vous êtes admirable ! Cela dépasse l'imagination !... C'est plus beau que le coup de Fleischman, à Budapest... Pour qui je travaille en me défendant d'une accusation aussi ridicule qu'odieuse !... Pour qui je travaille en faisant pincer le voleur de mon mari !...

Il la regardait maintenant dans les yeux, fixement.

— Et pourtant vous avez volé... dit-il très bas, comme pour lui-même.

Il faisait un effort pour comprendre.

— ... Ou, si vous n'avez pas volé, c'est encore pis...

Il tressaillit en reconnaissant le bruit d'un klaxon. Il se retourna au moment précis où la voiture du brasseur Kampf arrivait à hauteur de l'hôtel. Elle roulait lentement. Derrière le pare-brise, Kampf avait un sourire agressif, éclatait lui aussi d'une joie indécente.

M. Serge ne vit pas Mme Meurice, que l'homme lui cachait. Mais il rencontra le regard de la jeune fille qui avait un visage tout fin, tout pâle, et qui détourna la tête.

— Je ne comprends pas la portée de votre dernière phrase...

— Peu importe...

La voiture poursuivait sa route vers le chalet, pénétrait dans le bois, disparaissait.

— A quoi fait allusion votre *c'est encore pis* ?

Il hésita. Et, avec une fièvre soudaine :

— Vous ne vous rendez pas compte de ce que vous faites... En tout cas, il y a des choses que vous ne savez pas... A moins d'une méchanceté inouïe de votre part...

Elle fut sur le point d'y croire, de poser des questions. Mais non ! Elle éclatait de rire. Elle buvait une gorgée de cocktail.

— Vous êtes un comédien prodigieux, monsieur Fleischman... Vous essaierez vos talents sur le commissaire, qui est en train de nous observer, là-bas...

— Et si je vous demandais...

— Quoi ?

Il haussa les épaules en regardant vaguement les autocars qui se remettaient en marche.

— Rien... Je n'ai rien à vous demander... Je...

Il reprenait du poil de la bête. Son torse se redressait. Son visage devenait plus dur.

— Je suffirai à la tâche...

Un regard profond, très ferme, qu'il plantait dans les yeux de sa compagne.

— Vous êtes la femme légitime de Van de Laer ? questionna-t-il en se levant.

— J'ai tout lieu de croire que s'il était ici il vous giflerait... Ou plutôt non !... C'est trop drôle... Je crois qu'il ferait comme moi, qu'il rirait...

Elle riait, en effet. Elle s'efforçait de rire. Mais l'inquiétude s'infiltrait en elle en le voyant s'éloigner lentement, regagner le *Relais d'Alsace*.

Il était arrivé comme un chien battu. Il repartait en homme qui reprend la lutte avec de nouvelles forces.

On le vit bien à l'auberge où il entra la tête haute et où il se dirigea immédiatement vers la table de M. Labbé. Il s'y assit sans s'excuser.

— Mme Van de Laer vient de me mettre au courant de l'histoire des trois portes...

Le policier le regarda curieusement de ses yeux enfantins.

— Ah ! elle vous a dit...

— C'est très fort. En apparence, le raisonnement est inattaquable. Je vous demande jusqu'à demain pour...

— Pour prouver le contraire ?

— Je l'espère, oui !

— Et pour prouver en même temps que vous n'êtes pas le Commodore ?

— Cette seconde tâche demandera peut-être un peu plus de temps.

Un client les eût pris tous les deux pour de paisibles consommateurs discutant amicalement. M. Labbé, tout en parlant, rangeait ses papiers dans une serviette.

— Est-il indiscret de vous demander, à vous, quelques renseignements sur cette Mme Meurice qui a fait l'objet du coup de téléphone de tout à l'heure ? A ce que j'ai compris, elle habite un chalet voisin...

— La seule habitation entre la Schlucht et le Hohneck... Les Meurice l'ont louée voilà six ans, quand leur fille a donné des symptômes de tuberculose... Robert Meurice, qui avait un peu de fortune, venait de monter une affaire de produits cellulosiques... A la fin de l'année, il a acheté le chalet où sa femme et sa fille vivaient presque toute l'année et où il venait les rejoindre aussi souvent que possible... Il est mort deux ans plus tard, d'une pneumonie...

— Vous les connaissiez déjà ?

— Pardon ! Je ne connais Mme Meurice que depuis quelques mois. Ces détails, c'est d'elle que je les tiens... Son mari ne la mettait pas au courant de ses affaires... A sa mort, les ennuis ont commencé... Un employé a pris la direction de l'usine, installée près de Chaumont... La situation était d'autant plus compliquée que l'affaire, les derniers temps, avait été montée en société anonyme... Mme Meurice se croyait riche... Elle n'avait jamais eu de soucis d'argent... On lui a conseillé de vendre ses actions et elle l'a fait, en pleine crise commerciale, alors que le papier venait de dégringoler dans des conditions désastreuses... Vous êtes mieux à même que moi de connaître la vérité à ce sujet... Pour ma part, je soupçonne fort le brasseur Kampf d'avoir précipité la débâcle pour acheter les titres en sous-main... Toujours est-il qu'il passe maintenant pour le véritable propriétaire de l'usine...

» C'est à peu près tout ce que je peux vous dire... Mme Meurice ne me parlait pas de ses ennuis d'argent et si parfois j'ai senti de la gêne dans la maison je ne soupçonnais pas la vérité... Jusqu'aujourd'hui !... Vous avez entendu... Le chalet a dû être vendu ce matin, et précisément à ce M. Kampf...

Le regard du commissaire ne quittait pas le visage de son interlocuteur.

— ... dont vous êtes jaloux ! dit-il sans avoir l'air d'y toucher. Si je comprends bien, c'est moins l'argent qu'il vise que la femme...

M. Serge ne répondit pas.

— Une question encore ! En supposant que le notaire ait accepté votre proposition, comment auriez-vous trouvé les fonds en vingt-quatre heures ?... Avant-hier, vous ne pouviez pas vous procurer les deux mille francs que vous deviez à l'aubergiste... Aujourd'hui, vous jonglez avec les dizaines de milliers de francs...

— Je ne sais pas... J'aurais emprunté...

— A qui ?... A la même personne que vous avez rencontrée la fameuse nuit de Munster ?... Car, cette nuit-là, vous avez trouvé de l'argent, c'est un fait !... Vous n'avez pas vendu votre bracelet... Vous êtes parti sans un sou et vous êtes revenu avec quelques milliers de francs... Vous n'êtes pas descendu à l'hôtel... Vous n'êtes entré dans aucune banque... Votre temps semble avoir été consacré à venir, à pied, de Munster, la nuit, et à y retourner, ce qui, entre parenthèses, suppose un certain entraînement... Un vol a été commis cette nuit-là... Vous me dites que vous n'êtes pas le coupable et je veux bien vous croire... Avouez pourtant...

Et, rêveur :

— La police internationale évalue le montant des escroqueries du Commodore à une trentaine de millions... Mettons qu'avec la vie qu'il menait il en ait gaspillé la moitié... Mettons encore cinq millions pour ses complices successifs... Restent dix millions, qui doivent se trouver quelque part...

— ... et qui auraient permis au Commodore de ne pas s'introduire en face comme un vulgaire rat d'hôtel pour s'approprier une somme dérisoire !

M. Serge était à peine ironique.

— C'est vous-même qui en arrivez à cette conclusion...

La partie se jouait si calmement que ni la patronne ni son mari ne s'en inquiétaient. Et Gredel vint questionner :

— Je mets les deux couverts à la même table ?

M. Serge laissa répondre son compagnon.

— Pourquoi pas ?

Et soudain, avec bonhomie :

— Vous savez sans doute qui est Mme Van de Laer ?

— J'ai tout lieu de croire qu'elle est Hongroise...

— C'est une danseuse... Plus exactement une danseuse de cabaret qui, voilà quatre ans, a épousé un Américain assez riche, Samuel Natanson...

Le regard ne bougeait pas d'un millimètre. Il était rivé au front de M. Serge.

— Natanson qui, à Budapest, a été la victime du Commodore, opérant alors sous le nom de Fleischman. Le couple a divorcé un an plus tard et la jeune femme est restée six mois la maîtresse de Van de Laer avant de se faire épouser par lui...

— Je cherche le rapport... dit lentement M. Serge.

— A Budapest, Natanson, qui est le mari de Nouchi, est la victime d'une escroquerie commise par le Commodore. A la Schlucht, quelques années plus tard, Van de Laer, qui a épousé Nouchi, est victime d'un vol...

— Et vous soupçonnez la présence du Commodore à la Schlucht !

— ... Où, comme par hasard, un homme lui ressemble étrangement. Nous pourrions nous mettre à table. Je crois que nous sommes servis...

— Il y a en tout cas un voleur ! prononça M. Serge en dépliant sa serviette.

86

Il ne faisait pas du tout figure d'accusé. Au contraire ! Le policier semblait lui faire des confidences, voire lui demander conseil.

— Le raisonnement des trois portes est inattaquable à première vue. Reste à trouver la fissure...

— Et vous comptez la trouver ? répliqua M. Labbé en souriant.

— Peut-être l'ai-je déjà trouvée.

— Dites...

— Non ! Lorsque j'aurai une certitude, seulement.

La sonnerie du téléphone retentit. Ce fut Nic qui répondit d'une voix empressée. Quand il revint dans la salle, il annonça à sa femme :

— Deux gâteaux à la crème et des tartes aux prunes pour le chalet, ainsi que six vieilles bouteilles de moselle. Gredel ira porter le tout en vélo. C'est pressé...

— C'est Mme Meurice qui commande ?

Il lui lança une œillade, surveilla M. Serge.

— Sans blague !... C'est le gros Kampf... Il avait une voix toute joyeuse, à l'appareil... Quelque chose comme un déjeuner de fiançailles, là-haut, en famille...

Le commissaire et M. Serge se regardèrent. Puis ce dernier se pencha sur son assiette, non pour cacher son trouble, mais par une sorte de pudeur.

— Évidemment, grommela M. Labbé, si le notaire avait marché, c'est vous qui seriez là-bas à cette heure-ci... Oui ! c'est curieux... Et la nuit, sans doute, vous seriez allé à Munster pour emprunter les fonds à l'ami...

Sur la route, les premiers touristes alsaciens se montraient, les clients du samedi et du dimanche, avec leurs souliers ferrés, leur costume plus ou moins baroque, havresac au dos.

Ceux-là hésitaient avant d'entrer, regardaient d'abord

les prix affichés dehors, se concertaient à mi-voix. Puis ils venaient s'installer à une des tables sans nappe, posaient par terre sac et couvertures, commandaient de la bière et déballaient leurs victuailles tout en parlant un gras et bruyant patois.

On en voyait qui mangeaient sur le talus, en face de l'auberge. Des hommes portaient des culottes courtes de gamin qui laissaient voir des muscles noueux.

Gredel, un panier posé sur le guidon de son vélo, se dirigeait vers le chalet.

— Vous reprenez de la salade de pommes de terre ? s'inquiéta M. Labbé.

Et sans transition, comme s'il reprenait le cours de sa pensée :

— Ce serait presque tragique !... Le Commodore amoureux et obligé de céder la place à un autre... Faute de pouvoir toucher à ses millions... Et qu'est-ce qui, dans ce cas, l'empêcherait de toucher à cet argent ?... La surveillance ?... Mais la surveillance n'a commencé qu'à la suite du vol Van de Laer...

Nouvelle sonnerie de téléphone. Mme Keller alla répondre elle-même, demanda un crayon à son mari.

— Et Mme Van de Laer a connu le Commodore à Budapest...

L'enchaînement était encore imprécis. M. Serge écoutait sans se troubler, semblait faire un effort pour resserrer avec son interlocuteur des bribes de ce raisonnement.

— C'est un télégramme pour vous, monsieur le commissaire. Rien que des chiffres. La poste le téléphone, mais le facteur apportera la dépêche demain matin...

Elle avait écrit le texte sur un morceau de papier quadrillé arraché à un carnet. Elle le posa sur la table et M. Labbé, du bout de son crayon, mit un mot sous chaque nombre, de telle sorte que M. Serge put lire :

Commodore signalé à Venise par police italienne. Stop. Avons demandé détails que vous communiquerons.

Une dizaine de touristes, à une table surchargée de charcuterie et de papiers gras, entonnaient une chanson populaire alsacienne et Nic allait chercher sa flûte pour les accompagner en hochant la tête de plaisir.

Nouchi n'était plus à la terrasse du *Grand Hôtel*.

7

Les deux paquets

Il était un peu plus de trois heures quand M. Van de Laer sortit de la salle à manger, suivi de sa femme, et resta hésitant au milieu de la terrasse. Les touristes commençaient à affluer. Ceux qui arrivaient à pied n'osaient pas pénétrer au *Grand Hôtel*, mais celui-ci s'adjugeait le plus gros contingent des cars.

Le Hollandais contemplait cette invasion avec un air à la fois stupéfait et infiniment malheureux et quand, au moment où il allait s'asseoir, le commissaire Labbé s'approcha de lui, ses premiers mots furent :

— Qu'est-ce que c'est cela ?

La Schlucht, déserte les jours précédents, était aussi animée qu'un boulevard parisien, avec le pittoresque en plus, des camionnettes de paysans transformées en chars à bancs et regorgeant de monde, des motocyclistes casqués de cuir à côté de femmes vêtues en boy-scout et de nudistes en maillot de bain transportant leurs vêtements au bout d'une canne appuyée à l'épaule.

Tout ce monde parlait surtout le patois alsacien. Cela s'arrêtait. Cela mangeait. Cela jouait d'instruments invraisemblables. Deux autocars amenèrent coup sur coup des sociétés philharmoniques en uniforme et des concerts s'organisèrent au milieu de la route !

— Demain soir, le calme reviendra ! affirma M. Labbé. Il en est de même chaque dimanche.

Le chauffeur faisait les cent pas devant l'hôtel.

— Jef !... appela M. Van de Laer. Sortez la voiture. Nous irons passer la journée de demain n'importe où. N'est-ce pas, Nouchi ?

— Vous ferez ce que vous voudrez ! Moi, je reste ici...

Le mari était comique, à cause du contraste entre son visage rose, poupin, et l'expression d'ennui infini qui se dégageait de sa personne. Il ne savait que faire, ni où se mettre, avec son magnifique complet gris perle, ses chaussures en peau de cerf, sa chemise au dessin exclusif. Et les clients du *Grand Hôtel* eux-mêmes, de braves commerçants de Nancy, de Belfort, de Strasbourg, le regardaient des pieds à la tête comme un phénomène.

— Excusez-moi... reprit le commissaire. J'aurais désiré vous poser quelques questions...

— Garçon ! Vous m'apporterez un whisky...

Et, au policier :

— Vous buvez aussi un whisky ?... Mais pas de questions, je vous prie... Je ne veux plus entendre parler de cette stupide histoire... Pensez ! Soixante mille francs !... Et tous ces ennuis !... Je préfère retirer ma plainte...

— Soixante billets de mille francs ?

— Oui ! des billets presque neufs qu'on m'a remis à la banque lorsque j'ai changé mes florins. Je suis ici parce que le médecin m'a recommandé le calme. Je dois me promener tous les jours pendant quatre ou cinq heures en montagne.

Sa femme, qui s'était assise et avait croisé les

jambes, balançait son pied gauche avec quelque impatience.

— Je ne vous questionnerai donc pas, puisque tel est votre désir... Il faut pourtant que je vous demande la permission de jeter un dernier coup d'œil là-haut...

— Beaucoup d'eau dans le whisky ?

Il avala le sien d'un trait, comme pour se venger, se leva.

— Venez !

Nouchi préféra rester sur la terrasse, où elle avait apporté un roman allemand. Mais, en réalité, elle s'intéressait davantage à un jeune Anglais qui, pendant tout le déjeuner, avait rougi chaque fois qu'elle se tournait vers lui.

— Qu'est-ce que vous voulez encore voir ici ?... soupirait, dans sa chambre, Carl Van de Laer. Voici la mallette, le trou dans le mur... Et maintenant il paraît qu'il y a une histoire de clefs... Je voulais changer d'hôtel... Mme Van de Laer tient à rester ici... Et tout le monde qui me regarde curieusement, parce que j'ai été volé, comme si c'était une chose extraordinaire...

Une fade odeur de *cold-cream* et d'eau de Cologne russe flottait dans la chambre dont le lit n'était pas encore fait.

— A cinq heures du matin vous sortez et la mallette est intacte. A huit heures vous rentrez et le vol a été commis...

— Puisque je ne porte pas plainte !...

Trois fois, lentement, le front plissé, M. Labbé fit le tour de la pièce où il traînait partout des objets de prix, entre autres le nécessaire de toilette armorié valant une petite fortune. Chaque fois, il revenait vers la table sur laquelle se trouvait toujours la mallette défoncée.

Une simple table en pitchpin, que recouvrait un tapis en reps bleu.

Le commissaire au Service des Recherches le souleva machinalement. Il aperçut le bouton d'un tiroir, qu'il ouvrit d'un geste nerveux.

Et alors il se tourna vers le Hollandais.

— Vous connaissiez l'existence de ce tiroir ?

— Non... A l'hôtel, je laisse toujours mes effets dans mes malles... Je n'aime pas ces meubles qui servent à tout le monde...

— Regardez !

Le tiroir était plein de billets de mille francs chiffonnés. M. Labbé les compta. Il y en avait, non pas soixante, mais cinquante-neuf.

— Qu'est-ce que cela signifie ?... balbutia M. Van de Laer. L'argent ne serait pas sorti d'ici ?...

— Pardon... Vous m'avez dit que les billets étaient propres... Regardez... Des taches de graisse ou d'huile... Sans compter qu'ils ne seraient pas chiffonnés s'ils étaient restés dans cette pièce... Ils ont été posés là après coup, peut-être hier, peut-être ce matin...

Le Hollandais recomptait les billets. Il en prit vingt, prononça avec gêne :

— Je suppose que vous me permettrez d'offrir cette gratification à la police, ou à une caisse de secours... Je ne sais pas... Maintenant que c'est fini...

— Je n'ai pas qualité pour accepter... J'en parlerai à mes chefs...

— Mais c'est fini, n'est-ce pas ?

M. Labbé répondit indirectement :

— J'espère que je ne serai plus obligé de vous importuner.

M. Serge suivait un sentier où, tous les cent mètres, on voyait des excursionnistes dresser leur tente pour la nuit, ou allumer un feu de camp, ou déballer des provisions. Quand il aperçut enfin le chalet, la voiture grise du brasseur était toujours dans l'allée et M. Serge alla s'asseoir à quelque distance, dans le sous-bois, y resta près d'une heure et demie sans manifester la moindre impatience.

A cinq heures, M. Kampf sortit, congestionné et joyeux. Mais il faillit être retardé parce que son démarreur ne fonctionnait pas et le jardinier dut venir tourner la manivelle.

Le ciel était très pur, d'un bleu clair. Le jardin était plein de fleurs. Et on entendait dans les bois des voix qui se répondaient de loin en loin, parfois même un air de musique.

L'auto franchit la grille. Le jardinier la refermait quand M. Serge s'approcha, le salua familièrement d'un geste de la main.

— Mme Meurice est là, n'est-ce pas ?

D'habitude, le domestique lui parlait avec empressement.

Cette fois, il parut hésiter à accueillir le visiteur qui, quelques instants plus tard, frappait à la porte du chalet, qui était entrouverte. Une voix, celle de Mme Meurice, dit :

— Entrez !

Elles étaient là toutes deux, la mère et la fille, la mère dans son fauteuil préféré, un mouchoir roulé en tampon à la main, le visage tourné vers la pénombre.

Et la jeune fille toute droite, comme sur la défensive, regardait le nouveau venu d'un air de défi.

Le hall servait à la fois de pièce commune et de salle à manger, car il était vaste, occupait presque tout le rez-de-chaussée.

Sur la table non desservie, on voyait les bouteilles à long col commandées au *Relais d'Alsace*, les pâtisseries entamées, des fruits. Et trois bouts de cigare sur une soucoupe !

Cela suffisait à marquer la place de M. Kampf, à l'évoquer, lui, gros et gras, vulgaire, dans un fauteuil, l'œil luisant de triomphe, le teint animé par le vin.

— Je vous dérange ?... questionna M. Serge sans oser s'avancer.

Mme Meurice s'obstinait à détourner son visage et, aux mouvements de sa poitrine, il devina qu'au moment de son entrée elle pleurait.

Ce fut Hélène qui questionna avec une dureté exagérée, parce qu'elle n'avait pas encore l'habitude de dire des choses désagréables :

— Vous avez quelque chose à nous communiquer ?

Elle n'avait pas seize ans ! Pendant plusieurs mois, il avait été son grand ami, son confident ! Les musiques qui se trouvaient sur le piano, c'est lui qui les avait apportées ! Et aussi les disques ! Et les romans qu'il lui offrait chaque semaine !

Elle courait à sa rencontre, aussi loin qu'elle le voyait arriver ! Elle le grondait s'il restait un jour sans venir. « Maman a été toute triste... »

— Vous devriez nous laisser un moment, votre maman et moi, Hélène... dit-il simplement.

Elle hésita. Elle regarda sa mère qui murmura sans montrer son visage :

— Hélène n'est pas de trop...

La voix était lasse, un peu rauque. Il y restait des traces de sanglots.

Il s'écoula peut-être une demi-minute, mais elle fut pénible, à cause du silence, des respirations qu'on percevait.

— L'acte de vente est signé ? questionna enfin M. Serge, qui ne trouvait pas de phrase moins brutale.

Il n'avait même pas besoin de réponse. Sur la table,

parmi les couverts sales, il y avait un gros portefeuille usé qui devait contenir les papiers de famille, les documents officiels, sans doute aussi la petite fortune des Meurice.

— J'ai fait ce que j'ai cru devoir faire... répliqua la jeune femme qui n'hésita plus à montrer ses yeux rougis, ses pommettes fiévreuses.

Alors il s'emporta. Il n'éleva pas la voix. Il ne fit pas un geste. Mais le débit fut rapide, haché. Et il regardait fixement le sol en parlant.

— A cet homme !... Ainsi, pendant des semaines, vous n'avez pas eu assez de confiance en moi pour me mettre franchement au courant de la situation !... Tandis que lui, un individu vulgaire, plein d'arrière-pensées...

— Je vous en prie !

— Je suis arrivé trop tard... Ce matin, quand j'ai téléphoné au notaire...

— Démarche que vous n'auriez pas dû vous permettre... Vous ne comprenez donc pas que c'était le meilleur moyen de me compromettre ?... Que croyez-vous qu'ils aient pensé ?...

Elle était frémissante. Ses mains trituraient le mouchoir.

— C'est comme cette visite, à cet instant...

La place de Kampf semblait hypnotiser M. Serge. Il la regardait comme pour amasser en lui de la colère ou du désespoir.

— La maison est vendue... Je suis libre, n'est-il pas vrai ?... Et il est probable que... qu'avant peu je... je...

Elle n'alla pas plus loin. Un sanglot éclata. Elle se leva. Elle s'enfuit vers une porte qu'elle referma derrière elle. Et elle dut rester là, de l'autre côté, appuyée au chambranle, à pleurer, car on n'entendit pas ses pas.

Il n'y avait plus qu'Hélène en face de M. Serge,

Hélène dont les grands yeux étaient lourds de reproches.

— Vous êtes content, maintenant ?... articula-t-elle, toute droite, raidie par sa volonté d'être méchante.

— Il veut l'épouser, n'est-ce pas ?...

M. Serge dit cela tout bas.

— Et après ?... Qu'est-ce que cela peut vous faire ?...

Elle hésita, malgré son emportement. Elle dut sentir qu'elle allait trop loin. Elle n'en poursuivit pas moins :

— M. Kampf est un honnête homme !

Elle en tremblait. Elle en restait interdite. Elle le vit lever lentement la tête et elle sentit nettement qu'il était sur le point de se précipiter vers elle, de la battre, ou peut-être seulement de la secouer avec rage.

Il respirait très fort. Il avait de la sueur au front.

Mais cela ne dura pas. Il fit un effort sur lui-même et se calma progressivement, reprit son visage normal, sa silhouette d'homme du monde en visite.

— Vous n'auriez pas dû dire cela, vous, Hélène ! prononça-t-il avec une douceur inattendue.

Elle était prête à la lutte. Mais pas à cette lutte-là. Et quand elle vit qu'il y avait une larme prisonnière entre les cils de son compagnon, une larme qui devait déformer tout ce qu'il voyait, elle perdit la tête.

— Pardon !... Mais c'est votre faute aussi !... Vous ne savez pas...

Elle marchait de long en large et ses hauts talons frappaient les pavés à petits coups secs.

— Si vous croyez que ce n'est pas affreux !... Cet homme... Je le déteste, vous entendez !... C'est pis : il me dégoûte !... Je ne veux pas que maman... Et tout à l'heure... Savez-vous ce qu'il a laissé entendre ?... Que dis-je ?... Il ne laisse rien entendre, lui !... Il dit les choses tout crûment, avec un gros rire satisfait... Je sais

98

bien qu'il a eu l'air de plaisanter... Mais non !... Je voyais bien ses yeux, et ses grosses lèvres...

Elle se tourna brusquement vers M. Serge à qui elle lança au visage :

— Au fond, il en veut une, n'importe laquelle... Oui !... Maman ou moi... Il ne l'a pas dit comme ça !... Il était aimable, à sa manière... Il mangeait, il buvait, tassé dans son fauteuil... Car une chaise ne lui suffit pas, même à table !... Il était tout gras... Il parlait de sa maison sans femme... Il affirmait que nous nous ressemblions tellement, maman et moi, qu'il ne savait à qui il devait faire la cour... Et il ajoutait comme un mot d'esprit :

» — Il est vrai que, comme vous ne vous quitterez jamais, vous serez deux, de toute façon, à embellir ma demeure...

Elle fixa, elle aussi, les bouts de cigare que le brasseur avait mâchés des heures durant en tenant les deux femmes sous son regard.

Elle tremblait. Elle ne pouvait plus s'arrêter de marcher.

— Peut-être que maman vous en aurait parlé... Mais...

— Depuis combien de temps avez-vous des embarras d'argent ?

Elle rit, d'un rire amer.

— Pour ainsi dire depuis toujours !... Quelques mois après la mort de papa... On ne s'y retrouvait pas dans la succession... On croyait qu'on était riche et c'est tout juste si on avait de quoi vivre... Il y a trois mois, maman a essayé de trouver une jeune fille qui serait venue ici comme pensionnaire... Une jeune fille faible de poitrine, comme moi !... qui aurait payé, vous comprenez... M. Kampf savait, lui !... Il sait aussi que maman ne veut à aucun prix redescendre dans la vallée, parce que le médecin a dit que cela équivaudrait à me condamner...

Est-ce qu'elle oubliait ses rancunes ? Non ! Elle devait, au moment même, avouer ingénument quel grief dominait :

— Pendant ce temps-là, vous êtes attablé avec une femme... Vous lui donnez des rendez-vous dans le bois... Et...

Il ne put s'empêcher de sourire. Il dit malgré lui :

— Ma pauvre petite Hélène !

— Je ne suis pas votre pauvre Hélène !... Je ne suis pas malheureuse... Je... je...

Elle étouffait. Par bonheur, Mme Meurice rentrait. Elle avait lavé ses yeux, poudré son visage. Elle montrait un sourire de commande qu'elle avait figé sur ses lèvres au moment de pousser la porte.

Elle regarda sa fille, puis le visiteur. Elle était plus calme.

— Vous excuserez cette scène !... dit-elle. Nous sommes assez nerveuses, aujourd'hui... Puisque vous le savez, il est inutile de vous cacher que nous sommes désormais les locataires de M. Kampf, qui a été très bon pour nous...

C'était préparé. Les phrases suivantes aussi.

— Il est trop tard pour revenir en arrière... Il ne me reste donc qu'à vous remercier de votre intention de ce matin et de cette visite... Nous devons nous reposer... Pendant quelque temps il vaut mieux que nous ne recevions personne...

Ce sourire poli ! Cette attitude compassée ! Et Hélène qui avait collé son front à la vitre et qui regardait fixement le panorama de la vallée !

M. Serge allait parler. Il ouvrait la bouche. Mais à quoi bon ?... Ne marchait-elle pas vers la porte ?...

— Adieu !... dit-elle en lui tendant une main résignée.

Il se tourna vers Hélène. Elle ne bougeait pas. Elle lui tournait le dos.

— A bientôt... répondit-il quand même.

En longeant l'allée, tête basse, il suivit les traces des roues de l'auto grise dans le gravier. Le jardinier ne se précipita pas pour lui ouvrir la barrière. La porte du chalet s'était refermée. Les deux femmes restaient seules devant la table aux bouteilles de vin de Moselle et aux bouts de cigare.

Et la fumée froide s'accrochait aux tentures. Le lendemain matin encore elle s'obstinerait, de plus en plus âcre, à évoquer la présence du brasseur.

Sur l'herbe, il y avait toute une famille qui mangeait des gâteaux et un des enfants était juché gaiement sur la branche d'un arbre.

Le dîner était presque achevé et la nuit était tombée quand M. Serge rentra au *Relais d'Alsace*. Il avait la tête si pleine de pensées qu'il ne regarda pas autour de lui comme il en avait l'habitude.

Néanmoins deux choses le frappèrent : il y avait beaucoup de bruit, de la musique, des éclats de voix, des chants. N'avait-il pas oublié qu'on était samedi ?

L'autre détail était plus inattendu. Pour la première fois depuis plusieurs jours, une voix joyeuse, cordiale, l'accueillait, une voix fraîche qui disait :

— Bonjour, monsieur Serge !... J'ai mis votre couvert à la table de M. Labbé...

C'était Lena ! Avec un tablier tout frais, ses cheveux bien frisottés, son visage rose qui sentait encore le savon à la lavande !

Lena qui lui parlait comme autrefois, qui lui prenait son chapeau, son manteau, lui tirait même sa chaise.

Et cela ne surprenait personne ! Mieux : Nic, qui remontait le phonographe, cria à travers la salle :

— Bonne promenade, monsieur Serge ?

Il n'y avait que Mme Keller à garder un air gêné, peut-être parce qu'elle répugnait à une transition trop brusque.

M. Labbé en était déjà au poulet. Comme Nic, il questionna :

— Bonne promenade ?

Et, observant le visage de son compagnon :

— Vous ne paraissez pas gai !... Est-ce que, contrairement à votre promesse, vous n'auriez pas percé le mystère des trois portes ?...

Pourquoi riait-il ? Pourquoi cet accent joyeux ?

— Allons ! je vais vous mettre au courant tout de suite ! Vous n'avez pas une tête à supporter la taquinerie... Les soixante mille francs de Van de Laer sont retrouvés !... Ou plutôt cinquante-neuf mille francs exactement... Il manque un billet de mille...

M. Serge leva lentement les yeux vers son interlocuteur.

— Alors, qui a... ?

— Doucement ! je ne dis pas que le voleur soit arrêté ! Nous n'en sommes pas là ! Mais les billets ont été retrouvés dans le tiroir même de la table sur laquelle la mallette était posée... Ce qui va, bien entendu, vous permettre de soupçonner à nouveau Mme Van de Laer...

La cordialité de M. Labbé n'allait pas néanmoins sans arrière-pensée. Il observait son compagnon. Il guettait ses réflexes.

— ... Si bien que le problème, pour la troisième fois, change de face. Les billets ont été volés, c'est un fait... Ils sont sortis de la chambre, car ils ont été retrouvés maculés de graisse ou d'huile... Enfin ils ont été remis en place, pour une raison ou pour une autre... Donc, par quelqu'un pouvant circuler assez librement dans les couloirs du *Grand Hôtel* !... Rassurez-vous ! J'ai eu le temps de questionner le personnel... On ne vous a pas vu là-bas une seule fois...

— Qu'est-ce que ce sera comme vin, monsieur Serge ?... vint demander Lena qui était d'une gaieté d'oiseau.

— C'est égal.

— Vous semblez revenir d'un enterrement...

Sur la route, le pisteur Fredel accueillait les voyageurs d'une grosse auto jaune et récitait son boniment.

— Comme vous le voyez, reprit M. Labbé, tout est à recommencer... J'attends demain matin un technicien de l'Identité Judiciaire de Strasbourg, qui nous dira ce que sont les taches graisseuses... Ce sera déjà une indication...

Et, se renversant un peu en arrière pour allumer son voltigeur :

— Au fond, l'affaire devient très simple ou très compliquée... Ou bien un vol vulgaire, voire un vol domestique, suivi d'une telle frousse du voleur que celui-ci a restitué indirectement... Ou alors une manœuvre d'une habileté suprême... Dans ce cas-là, les taches ne sont destinées qu'à nous égarer... Une personne, jusqu'ici, ne semble pas contente de ma trouvaille : c'est Mme Van de Laer... Mais cela peut s'expliquer par le fait que les femmes, en général, adorent les affaires policières et qu'elle craint de voir le rideau se baisser trop tôt... A moins que...

Il sourit.

— C'est inouï, reprit-il d'un ton mi-plaisant, misérieux, toutes les hypothèses qui peuvent découler des divers éléments de cette affaire...

Et il parla ainsi une heure durant, dans la salle bruyante où un client ivre amusait la galerie et où les éclats de rire fusaient avec ensemble à chacune de ses pirouettes.

A dix heures, M. Serge monta se coucher.

A dix heures un quart, M. Labbé se jeta sur son lit tout habillé, après avoir laissé tomber ses chaussures sur le plancher et les avoir remises ensuite sans bruit.

A onze heures, Nic fermait les volets et les portes de l'établissement et les lumières s'éteignaient dans la salle à manger du *Grand Hôtel*.

Il était minuit quand il y eut un léger bruit dans la chambre de M. Serge, puis le long du mur.

Son revolver à la main, le commissaire se leva avec précaution et se dirigea vers la fenêtre. Une ombre se profilait le long de la gouttière.

8

Coup de filet

Le commissaire ne suivit pas le même chemin que M. Serge mais, après avoir passé des bas de laine par-dessus ses chaussures, il descendit l'escalier et sortit par la porte.

Il n'y avait pas de lune, mais la nuit était assez claire. Le *Grand Hôtel* se dressait, tout blanc, de l'autre côté de la route. A gauche du *Relais d'Alsace*, l'enseigne en fer du bazar se balançait avec un léger grincement de girouette.

M. Serge devait avoir un but précis, car il n'hésitait pas sur le chemin à suivre. Piquant droit sur la pompe à essence, il contournait le *Grand Hôtel* et arrivait dans une cour sans clôture sur laquelle s'ouvraient les garages.

Au moment où il disparaissait au tournant, M. Labbé eut une autre révélation. Deux êtres au moins étaient tapis dans l'ombre, à droite de l'hôtel. Ils ne parlaient pas, mais le calme de la nuit était tel qu'on percevait en quelque sorte le frémissement de leur vie. Au surplus, en fixant cette place, on devinait des taches plus claires dans l'obscurité : les mains et les visages.

Or, une des deux silhouettes se détacha du mur,

avança sur la route dans la direction suivie par M. Serge.

Quand le commissaire se mit en marche à son tour, ils étaient trois l'un derrière l'autre et il y avait une quatrième personne tapie dans le coin d'ombre.

Ce qui se passa alors fut assez étrange. Le premier de la file, c'est-à-dire M. Serge, était déjà au milieu de la cour de l'hôtel où se trouvait un puits flanqué d'un petit moteur destiné à élever l'eau dans les chambres. Le moteur était protégé par une sorte de niche en bois.

M. Serge allait tendre la main vers cette niche quand il se redressa. Il avait senti une présence étrangère, celle du second promeneur qui atteignait la cour à son tour et qui, penché en avant, l'observait.

Le commissaire avait du retard. Il n'essaya plus de se cacher. Il fit vivement quelques pas, le revolver à la main, et prononça à voix basse, perceptible pourtant pour les deux autres :

— Ne bougeons plus !...

Vingt personnes dormaient dans les chambres de l'hôtel et pas une ne s'était réveillée. Tout cela s'était déroulé très vite, comme un scénario bien réglé.

Le premier soin du policier fut de s'approcher de l'homme collé au mur et il reconnut Fredel, le pisteur du *Grand Hôtel*, qui avait un visage décomposé par l'effroi.

— Avance vers le puits ! souffla-t-il.

Il faillit retourner en arrière pour aller chercher le quatrième personnage.

— Qui est là-bas ?

— Où ?...

— Fais pas l'idiot !... Qui était avec toi sur la route ?...

— Gredel...

— Va la chercher... Tu entends ?...

M. Serge était encore le plus calme des trois. On ne distinguait pas ses traits, mais on voyait sa silhouette, debout, bras croisés. Le commissaire le rejoignit enfin tandis qu'il questionnait :

— C'est le pisteur, n'est-ce pas ?

— Oui ! Voulez-vous me dire ce que vous êtes venu faire ici ?...

Comme d'un commun accord, ils parlaient à voix étouffée, afin de ne réveiller personne. Ils se voyaient mal. Ils se devinaient plutôt.

Sans attendre la réponse, d'ailleurs, M. Labbé se penchait sur le puits au fond duquel il ne distinguait que du noir, se tournait ensuite vers la niche du moteur.

— Vous avez une lampe électrique ?

— Non... Je regrette...

C'était la première fois que M. Serge se permettait d'être ironique.

— Mais j'ai des tisons... poursuivit-il en tirant une boîte de sa poche.

Deux silhouettes s'approchaient, hésitantes. Avant de s'en occuper, le commissaire alluma un tison, essaya de voir dans la niche. Ce fut le pisteur qui l'interrompit, effrayé.

— Attention à l'essence... Voici une lampe...

Et il tendait une lampe de poche dont le disque de lumière blanche se promena dans la caisse, éclairant les cylindres, le volant, la courroie de transmission.

On percevait dans l'air comme un rythme. Au début, il était impossible de deviner la provenance de ce qui n'était même pas un bruit, mais un frémissement cadencé. En regardant Gredel on comprenait enfin, car on voyait ses épaules se soulever. Elle pleurait, debout, toute seule, à quelques mètres des trois hommes. Et ses cheveux ébouriffés lui faisaient, dans l'ombre, une tête trois fois plus grosse.

Un petit corps mince. Les épaules étroites. Et cette énorme tête penchée...

— Sous le volant... conseilla M. Serge comme le commissaire, accroupi, s'impatientait en ne trouvant rien.

La lampe éclaira quelque chose de clair. La main dut se glisser sous la roue de fonte. Quand M. Labbé la retira, les doigts serraient une épaisse liasse de billets de banque que le pisteur regarda avec stupeur.

Tout le monde se taisait. La lampe était éteinte. Le commissaire s'était redressé avec embarras.

Il n'avait pas envie de réveiller Nic pour s'installer dans la grande salle du *Relais d'Alsace*. Il ne pouvait conduire les trois personnages dans sa chambre.

— Par ici...

A droite de l'hôtel, juste au tournant de la route, il y a un terre-plein bordé par un parapet de pierre car, au-delà, le terrain est à pic. C'est là que les touristes des autocars s'arrêtent, admirent le panorama de la vallée de Gérardmer.

M. Labbé s'adossa au parapet, dut répéter trois fois à Gredel de s'approcher. Maintenant, elle reniflait, en essayant de mettre fin à ses sanglots.

— Qu'est-ce que tu faisais dehors à cette heure ?

Du coup, elle pleura de plus belle, si fort que le policier observa les fenêtres de l'hôtel pour s'assurer que personne n'en était alerté.

— C'est... c'est Fredel...
— Il est ton amant ?

On ne distinguait pas les traits des visages. Rien que des taches. Et les taches aussi éloquentes des mains.

— On doit se marier tous les deux...

Elle n'osait pas regarder M. Serge. Elle lui tournait le dos.

— Je te demande si c'est ton amant.

Elle fit signe que oui, de la tête.

— Et tu le retrouves souvent la nuit sur la route ?

Nouveau signe affirmatif. Cette fois, le pisteur intervint.

— Si on s'était vus autrement, cela aurait fait des histoires...

Il avait trente ans. Il était déjà gras et lourd. Elle était toute menue près de lui et il la dominait de la tête et des épaules.

— Depuis combien de temps ?

— Un... un an... sanglota-t-elle, tandis que Fredel détournait la tête, gêné.

Un an ! Et elle en avait seize !

— Quand l'aurais-tu épousée ?

— Quand nous aurions eu assez d'économies pour nous établir.

— Un commerce ?

— Un hôtel ! riposta-t-il avec une pointe d'orgueil.

— Qu'est-ce que tu faisais derrière M. Serge ?

— Je l'ai vu passer... Je me suis demandé où il allait... Je l'ai suivi...

— Va te coucher !

— Mais...

Et il désignait la jeune fille avec embarras.

— Ne t'inquiète pas d'elle.

— Si vous le dites à Nic et surtout à Mme Keller, on la mettra à la porte...

— Va te coucher.

— Je vous jure que je n'ai rien fait !

— Je t'ai demandé quelque chose ?...

M. Serge se taisait, un peu à l'écart, comme un

109

homme qui assiste par hasard à une scène de ménage et qui affecte de ne rien voir.

— Va te coucher aussi, petite ! prononça M. Labbé quand le pisteur eut franchi la porte de service du *Grand Hôtel*.

Elle hésita. Elle finit par s'éloigner, en pleurant toujours. Le commissaire, qui avait gardé la liasse de billets à la main, se mit alors à les compter.

— Cinquante... cinquante et un... deux... trois... quatre... neuf... soixante...

Maintenant ils étaient entre hommes, on eût dit entre égaux. Il regarda son compagnon dans les yeux, autant que l'obscurité le permettait.

— Alors ?...

M. Serge allumait une cigarette. La flamme éclairait un visage paisible, plus paisible même que les jours précédents. On y lisait une désinvolture nouvelle, assez inattendue.

— Alors rien !... Vous n'avez pas compris ?... Cela vous serait égal de marcher ?...

Ils se mirent à déambuler le long de la route, avec la montagne à gauche, la vallée à droite.

— C'est tellement simple que cela n'a pas l'air vrai... J'ai d'abord été accusé de vol... Puis j'ai cessé d'être soupçonné, au profit, si je puis dire, de Mme Van de Laer... Ensuite, l'histoire des trois portes et de la clef... On me soupçonne à nouveau... Ce midi, j'ai cru un instant tenir la vérité et j'ai espéré me laver de tout soupçon... Pour des raisons personnelles je n'ai pas eu le temps de m'occuper de cette affaire... Pour les mêmes raisons, j'ai éprouvé le désir d'être enfin tranquille...

— Mme Meurice ?

— Peu importe ! Ce qui compte, c'est que je voulais, dès demain matin, être libre de mes mouvements et reconnu innocent...

» Le procédé vous paraîtra sans doute expéditif... Toujours est-il que j'ai sacrifié soixante mille francs et que, avant d'aller dîner — vous vous souvenez que je suis rentré tard, alors que la nuit était tombée —, toujours est-il, dis-je, que j'ai déposé les billets à un endroit où je savais qu'on les trouverait demain à la première heure... Car c'est à cinq heures du matin que le mécanicien de l'hôtel met le moteur en marche...

Il ralluma posément sa cigarette éteinte.

— Or, vous m'avez annoncé un peu plus tard que les billets étaient retrouvés... Un hasard, avouez-le !... Imaginez la situation si, demain matin, on avait découvert une seconde fois la même somme... J'étais soupçonné à nouveau !... Bref, je suis sorti cette nuit pour reprendre les soixante mille francs... C'est tout !...

Et il fit claquer ses doigts l'un contre l'autre dans un geste d'indifférence ou de dédain à l'égard du hasard.

— Reste à savoir, dit lentement M. Labbé, si les billets volés sont ceux du tiroir ou ceux du moteur...

— La banque qui a changé les florins de Van de Laer a peut-être pris note des numéros...

— Reste à savoir enfin et surtout où vous avez trouvé cette somme... Il y a quelques jours, ne l'oubliez pas, vous étiez incapable de payer votre note d'hôtel... Vous prétextiez un voyage à Munster et vous reveniez avec de l'argent... Cet après-midi, si je ne me trompe, vous n'êtes allé qu'au chalet. Et le peu que je connaisse de la vie de Mme Meurice me fait supposer que ce n'est pas elle qui a pu vous donner ou vous prêter cette somme...

M. Serge se taisait. Il avait l'air de faire une simple promenade de digestion en jouissant de la douceur de la nuit.

— On a volé une seule fois soixante mille francs, reprit le commissaire. Et voilà qu'en l'espace de quelques heures cette somme est remboursée deux fois !...

— C'est curieux, évidemment !

— Je ne vous demande pas ce qui s'est passé cet après-midi chez Mme Meurice...

— C'est sans mystère ! J'ai été reçu comme un vieil ami qu'on soupçonne soudain d'être un voleur...

Une pointe d'amertume, mais tempérée par un ton léger.

— Vous avez encore des questions à me poser, monsieur Labbé ?

Un regard échangé, à travers deux mètres de ténèbres.

— Nous en reparlerons demain...

Et ils continuèrent leur promenade en silence, arrivèrent à la porte du *Relais d'Alsace* où ils se firent des politesses.

— Passez, je vous en prie...
— Après vous...

Dans l'escalier, ils retinrent tous deux leur souffle.

Dès qu'il eut ouvert sa porte, M. Serge devint plus grave, regarda autour de lui avec inquiétude, referma vivement l'huis et se précipita vers le lit.

— Chut !... fit-il d'une voix angoissée.

Il y avait une forme allongée et des sanglots éclataient à intervalles réguliers.

— Chut !... Il va entendre...

Il était nerveux. Il regardait Gredel, qui était là, avec à la fois de la crainte, de la colère et de la pitié.

Entre sa chambre et celle de M. Labbé, la porte de communication était simplement fermée au verrou.

M. Serge s'en approcha, mit son veston sur le bouton afin de voiler la serrure.

— Qu'est-ce que cela signifie ?

Il parlait dans un souffle, approchait sa bouche de l'oreille de la petite serveuse et, comme elle éclatait à nouveau en sanglots, il lui posa la main sur les lèvres.

— Silence... Ou alors...

Il fit de la lumière, en pensant peut-être que la situation serait plus périlleuse si on les trouvait tous les deux dans l'obscurité.

— Calme-toi... Doucement... Chut !

Et, machinalement, comme on fait avec un enfant qui pleure, il lui caressait les cheveux.

— Calme-toi, ma petite Gredel...

L'effet ne fut pas celui qu'il escomptait. Elle se jeta littéralement dans ses bras. Elle cacha sa tête dans sa poitrine. Elle gémit en s'essuyant les yeux :

— Je suis trop malheureuse !...

— Chut !... Le commissaire est à côté... Il va t'entendre... Pourquoi es-tu venue ici ?...

Elle étouffait et pendant quelques instants encore il dut attendre, gêné, en continuant à lui caresser le front et les tempes.

Les joues étaient mouillées, brûlantes.

— Il faut que vous me sauviez, monsieur Serge... Vous ne savez pas... Et d'abord, je jure que je ne l'aime pas !... Vous me croyez, n'est-ce pas ?...

Tantôt il regardait la porte de communication et tantôt il regardait sa compagne qui respirait avec force.

— Je ne sais pas comment c'est arrivé... Il venait tous les jours boire un verre de vin, le soir... Il me parlait... Il racontait des bêtises qui me faisaient rire... A la fête, il a dansé tout le temps avec moi et il m'a embrassée... Puis...

— Je sais, petite, je sais !

— Non ! vous ne pouvez pas savoir... Il s'est mis à me parler d'un hôtel que nous monterions tous les deux au Hohneck, en face de celui qui existe déjà et qui refuse du monde... Un hôtel moderne, avec des salles de bains, des garçons en habit... Un jour, il m'a demandé d'aller dans sa chambre, pour voir les plans qu'il avait faits... C'était vrai... Des dessins, avec de la couleur... La façade de l'hôtel, la terrasse avec des arbres... Je lui ai dit qu'il fallait beaucoup d'argent et il est allé chercher des billets de banque en dessous de son matelas. Je ne sais plus combien... Plus de trente mille francs... Et il disait :

» — Maintenant, tout le monde me prend pour un imbécile... On me traite comme rien du tout... Mais un jour on me saluera bien bas... Et toi aussi, si tu le veux...

» J'avais peur, je ne sais pas pourquoi... Il m'a prise dans ses bras...

Les larmes embuèrent à nouveau ses yeux.

— C'est affreux ce qu'il a fait... Il jurait qu'il le fallait, que c'était le moyen d'être sûr que je serais sa femme... Depuis, il me fait venir souvent sur la route, parce que l'été il y a trop de domestiques qui pourraient me voir si j'allais dans sa chambre... Il m'a battue plusieurs fois, pour me punir de n'être pas venue... Il m'a répété souvent que si je le quittais il me tuerait...

Elle s'essuyait maladroitement les joues et les yeux du revers de la main et on voyait de grandes traînées luisantes sur sa petite figure chiffonnée.

— J'aime mieux vous le dire à vous... Il vole !... Il me l'a avoué... Il s'en est même vanté ! Tenez ! chaque fois qu'il vient des autos, il prend plusieurs litres d'essence dans le réservoir et il les revend le lendemain... Une fois, il a trouvé un sac à main sur une table de la terrasse... Il y avait mille francs et une petite montre avec des pierres fines... Il a voulu me donner la montre... Et on cherchait le sac partout... Il cherchait avec les autres...

— C'est lui qui a volé M. Van de Laer ?

Elle fit signe que oui de la tête.

— Ce n'est pas tout !... Il ne vous aime pas !... Et même il vous déteste... Oui !... Et je le voyais vous serrer la main et accepter les verres que vous lui offriez, et jouer aux cartes avec vous !... Il vous déteste parce qu'il est jaloux...

Elle venait, d'un seul coup, de devenir cramoisie. Et pourtant elle semblait fière de cet aveu. Il y avait du sourire dans ses prunelles humides.

— Il prétend que toutes les femmes sont amoureuses de vous parce que vous avez des manières et que vous savez leur parler... Je sais bien que Lena garde un mouchoir que vous avez oublié une fois dans la salle et que, même quand ce n'est pas son tour, elle veut faire votre chambre...

M. Serge regarda avec ennui la porte de communication.

— C'est vrai que vous n'êtes pas un homme comme Fredel, ni comme ceux qu'on voit ici...

Maintenant, elle détournait la tête. Elle était toute menue. Une mèche de cheveux pendait au milieu de son visage.

— C'est lui qui a été le premier à parler de vous, après le vol... Sans rien dire de précis, vous comprenez ?... Des mots qui n'avaient l'air de rien... Je lui ai déclaré que c'était dégoûtant... Alors, il a ri... Il a dit qu'il savait très bien que vous m'aviez tourné la tête, comme à ma sœur et aux dames du chalet... Puis il s'est vanté d'avoir volé les billets...

» — C'est notre hôtel avant un an !... a-t-il déclaré. Encore une bonne affaire comme celle-là et nous

nous marions, que tu le veuilles ou non... Quant à ton M. Serge, il y a bien des chances pour qu'il aille en prison...

» Je me suis fâchée... Il s'est moqué de moi... Je vous jure que vous ne le connaissez pas... Tout le monde prétend qu'il est gentil et de bonne humeur... Tenez ! Savez-vous ce qu'il fait quand un client ne lui donne pas un assez gros pourboire ?... Il plante un clou dans les pneus... Il y en a un qui a failli se tuer, à cause de ça, en descendant la côte de Gérardmer...

» Lorsque les policiers sont venus, j'ai cru qu'ils n'oseraient pas vous soupçonner...

Son embarras était maintenant d'un autre ordre. Elle avouait, en somme, sa déception.

— Mais ces gens-là soupçonnent tout le monde, n'est-ce pas ? corrigea-t-elle avec précipitation. Je ne savais comment faire. Je n'osais pas dire la vérité... Je savais que Fredel était capable de me tuer...

» Je vous voyais triste... C'est à peine si vous mangiez... Alors je lui ai dit que s'il ne remettait pas l'argent à sa place, je parlerais... Il ne voulait pas le croire... Je me suis fâchée... Je lui criais tout ce qui me passait par la tête... C'était la nuit dernière... Il avait peur qu'on nous entende...

» — Tu es une imbécile ! Une véritable petite dinde ! a-t-il fini par déclarer. Mais tu ne l'emporteras pas en paradis...

C'était fini. Elle n'avait plus rien à dire. Elle paraissait même stupéfaite, déroutée, d'avoir ainsi tout avoué.

A cet instant seulement elle s'aperçut qu'elle était assise au bord du lit, que M. Serge était près d'elle. Elle se leva, gênée.

Et il n'était pas moins gêné qu'elle. Par contenance, il lui désigna la porte de communication, répéta :

— Chut !... Le commissaire...

— Il faut que je rentre dans ma chambre...

N'y avait-il pas aussi du dépit en elle ? N'avait-elle pas attendu autre chose de cette entrevue ? Ou bien n'avait-elle pas tout dit ?

Elle toucha le bouton de la porte. Elle hésita. Elle revint sur ses pas.

— Écoutez !... Je crois qu'il vaudrait mieux que vous partiez... Fredel a peut-être menti... Mais il m'a encore dit que le jour où il voudrait parler vous seriez arrêté tout de suite... Je ne sais pas ce qu'il a trouvé... Sans doute une lettre, car il va toujours à la rencontre du facteur et il fouille dans son sac... C'est son cousin...

Elle était moite, plus pâle.

— Je pourrais peut-être vous aider... Je... je vous soignerais... Je ne veux pas devenir sa femme... je...

Elle pleurait à nouveau. Des sanglots nerveux. N'allait-elle pas encore se jeter dans ses bras ?

Ce fut lui qui la prit par les épaules, la coucha sur le lit et dit doucement :

— Calme-toi, Gredel... Chut !...

Il avait le front soucieux. Il fit les cent pas dans la chambre en lui caressant la tête chaque fois qu'il passait près d'elle.

Et à la fin elle s'endormit tandis que, à bout de forces, il se laissait tomber dans l'unique fauteuil et regardait vaguement la forme étendue sur son lit, la joue qui devenait rose, puis rouge, duvetée comme une joue de jeune paysanne.

9

Les absents

Une aube sale. Un ciel bouché. Et un brouillard irrégulier qui montait en écharpes de la vallée, ce brouillard que les gens du pays appellent les fumées d'Alsace.

Nic, appuyé sur ses béquilles, levait les volets, après avoir allumé le réchaud à gaz sur lequel, chaque matin, il réchauffait le café.

Et, comme chaque matin aussi, contournant le bâtiment, il jeta un coup d'œil vers l'annexe en planches où couchaient les deux domestiques.

— Gredel !... Lena !... cria-t-il.

Il regardait les fenêtres closes, essayait d'apercevoir quelque chose à travers les rideaux.

— Pas encore levées ?... Ce sera toujours la même chose ?...

Il faisait sa grosse voix mais ses yeux pétillaient. Ce qu'il voulait, ce qui était son premier souci, chaque matin, c'était d'obliger les deux petites à ouvrir leur porte ou leur fenêtre avant d'être complètement habillées.

— Voilà !... répondit Lena.

— Tu es encore dans ton lit, pas vrai ?

— Mais non ! Je suis prête...
— Eh bien ! ouvre, si tu es prête, menteuse...
— Un instant.
— Ouvre !...
— Une toute petite seconde... Je... Voilà...

Et elle ouvrait la fenêtre. Elle était encore en combinaison de toile blanche. Elle achevait de mettre ses bas. Sur la petite toilette, de l'eau savonneuse et un peigne sale.

— C'est ta sœur qui n'est pas levée !

Et Nic, poussant ses béquilles l'une devant l'autre, se dirigea vers la fenêtre voisine, y frappa un grand coup.

— Alors, là-dedans ?...

Rien ! Pas un bruit.

— Gredel !... On fait la grasse matinée ?... Faudra-t-il que j'entre pour te tirer du lit ?...

Il colla son visage aux vitres, ne distingua rien à l'intérieur, secoua la porte qui, à sa grande surprise, n'était pas fermée.

— Alors ça, par exemple !... La voilà qui découche, maintenant... Lena !... Viens voir...

La chambre était vide. Le lit n'était pas défait.

— Je serais curieux de savoir dans quel lit elle a passé la nuit... Sacrée petite garce !...

Il rentra dans la salle, furibond, ouvrit une porte, cria de toutes ses forces dans l'escalier :

— Gredel !... Gredel !...

Lena, encore qu'inquiète, retirait le café du feu, préparait le petit déjeuner.

— Paries-tu qu'elle est chez M. Serge ?... Mais cela ne se passera pas comme ça !... Une gamine de seize ans !... Sacrebleu non !...

Et il monta lourdement, avec, à chaque marche, le bruit mat de sa béquille.

— Gredel !

Il frappait à la porte de la chambre du pensionnaire.

— Monsieur Serge !... Gredel !...

Ce fut sa femme qui se montra à une autre porte, en jupon de dessous.

— Qu'est-ce que tu as à faire tout ce bruit ?

— Ce que j'ai ? Que Gredel n'a pas couché dans sa chambre ! Et qu'elle est sans doute avec ce...

Mais un second étonnement l'attendait. Machinalement il tournait le bouton de la porte et celle-ci s'ouvrait comme s'était déjà ouverte la première.

Il n'y avait personne ! Le lit n'était pas défait ! Rien que le creux qu'un corps avait dessiné dans la couverture !

— En voilà bien une autre !... M. Serge qui a disparu, lui aussi...

M. Labbé sortit de chez lui, en pyjama, les cheveux en désordre.

— Qu'est-ce que vous dites ?

— Que M. Serge s'est envolé ! Et que Gredel a disparu avec lui ! Oh ! c'est ma faute. J'aurais dû avoir l'œil ! J'avais bien remarqué qu'ils s'entendaient tous les deux... Un homme de son âge !...

Le commissaire entrait dans la chambre, ouvrait aussitôt la garde-robe, constatait :

— Il est parti, en effet ! Son manteau et son chapeau ont disparu...

— Parbleu !

— Et... oui, vous avez raison...

Il avait ramassé sur la carpette une épingle à cheveux.

— Gredel a dû passer une partie de la nuit ici... Tenez !... Voici un cheveu de femme sur le lit... Quelles sont les gares les plus proches ?...

— Il y en a deux... Munster d'un côté... Gérardmer de l'autre...

— Et à quelle heure y a-t-il des trains ?

— De Gérardmer, pas avant six heures du matin... Mais le premier train part de Munster à quatre heures et demie...

M. Labbé se contenta de passer son pardessus sur son pyjama, descendit au rez-de-chaussée, s'accrocha au téléphone. La voix de Lena, derrière lui, articula :

— Ce n'est pas la peine de sonner !... Nous ne sommes reliés qu'à partir de huit heures du matin.

— Et en face ?

— La même chose ! Il n'y a pas de téléphone de nuit à la Schlucht...

Et il était six heures ! Il y avait de la lumière dans les cuisines du *Grand Hôtel*. Une pluie fine commençait à tomber et rendait la route luisante.

Jamais Lena ne fut autant houspillée que ce matin-là. C'est sur elle que Nic se vengeait. Il allait et venait dans la salle en la réprimandant, en lui lançant des injures et, comme elle pleurait, il faillit la frapper d'un coup de béquille.

— Je t'apprendrai à vivre, moi, et à ne pas faire la salope comme ta sœur ! Elle pouvait bien prendre des airs innocents...

Les tables étaient encore chargées de verres sales. Il y avait de la sciure de bois par terre et la lumière était grise.

M. Labbé, là-haut, fouillait la chambre de M. Serge et ce faisant il entendait Mme Keller qui s'habillait dans la sienne. Perquisition vaine, d'ailleurs. La malle du locataire était là, mais elle ne contenait rien d'intéressant. Deux complets de bonne coupe, assez usés. Une douzaine de paires de chaussettes et des bas de sport. Trois paires de chaussures, dont une à clous. Un trench-coat anglais.

Par contre, aucun de ces menus objets qui renseignent sur l'intimité d'un homme. Pas une lettre. Tout au plus quelques livres : deux romans allemands, un bouquin français de Claudel, la série complète, en anglais, des œuvres de Conrad.

Par terre, trente bouts de cigarette pour le moins, ce qui prouvait que M. Serge était resté longtemps avant de prendre la décision de partir.

Quand le policier descendit, Lena avait les yeux rouges et Nic mangeait sans dire un mot.

A huit heures enfin, M. Labbé put téléphoner. Il pleuvait de plus belle. La communication était mauvaise, parce qu'une branche d'arbre, quelque part, était tombée sur les fils.

La police de Gérardmer fut chargée d'une enquête à la gare et dans les garages de cette ville. Puis ce fut le tour de celles de Munster et de Colmar.

Enfin le policier alerta Strasbourg, Belfort, Nancy, Chaumont, Paris... Quand il quitta le téléphone il aperçut le pisteur du *Grand Hôtel* qui, vêtu d'un grand caban à capuchon, arrangeait quelque chose à la pompe à essence. Il ouvrit la porte pour l'appeler. Fredel arriva, l'air sournois.

— Tu sais que Gredel a disparu cette nuit avec M. Serge ?

Mais le pisteur ne le croyait pas. Il flairait un piège. Il regardait son interlocuteur en dessous.

— Gredel a passé une partie de la nuit chez lui !
— C'est vrai, Lena ?

Alors seulement il devint plus grave. Il grommela un juron alsacien, constata :

— C'est du propre !

Et ce fut tout. En travaillant, Lena avait de soudaines

crises de larmes. Mais Mme Keller ne lui laissait pas de répit.

— C'est déjà bien assez que ta sœur me laisse dans l'embarras !...

A dix heures, on eut la réponse de Gérardmer. Les employés de la gare, interrogés, n'avaient vu personne répondant au signalement des deux fugitifs.

Il fallut attendre plus longtemps les renseignements de Munster. Et ils étaient extrêmement vagues. Deux billets de première classe avaient été délivrés le matin pour Strasbourg, mais l'employé n'avait pas vu les voyageurs, car il ne faisait pas encore très clair et les vitres du guichet étaient en verre dépoli.

De Strasbourg, rien ! De Chaumont et de Belfort, rien !

Alors le commissaire Labbé envoya un long télégramme aux Renseignements généraux, à Paris, afin de demander des détails sur la présence du Commodore à Venise.

De toute la matinée, les Van de Laer ne sortirent pas de leur appartement. On ne voyait personne sur la route bordée de deux ruisseaux qui s'élargissaient à mesure que la pluie tombait plus dru. Les autocars eux-mêmes, après un arrêt de quelques secondes au cours duquel nul voyageur ne descendait, continuaient leur route.

Il y avait quelque part dans le ciel des roulements d'orage. A onze heures, au *Relais d'Alsace*, on dut allumer les lampes, tant le ciel s'obscurcissait. Et la salle à manger d'en face était éclairée ; les serveuses dressaient les couverts pour le déjeuner.

Nic n'était bien nulle part. Il déambulait sans cesse, grognon, furieux, et il devait considérer le départ de la jeune servante comme une injure personnelle.

— Quand je pense que cette nuit elle était dans sa chambre !

Ce fut d'ailleurs à cette occasion que M. Labbé apprit les causes de la claudication du patron. Les confidences vinrent de Mme Keller, que la colère de son mari agaçait.

— Au fond, il est surtout jaloux... commença-t-elle par avouer au commissaire. Parce que, dans son esprit, les femmes qui viennent ici sont d'abord pour lui... Oh ! il a bien fallu que je m'habitue... Il ne s'occupe de rien !... Il ne m'aide en rien... La seule chose qui compte pour lui, c'est de tourner autour des domestiques et des clientes... Pas plus tard que le mois dernier il a reçu une gifle !... Mais une gifle !...

Et Nic, qui entendait, ricanait, haussait les épaules.

— Car il se croit irrésistible !... Il m'a trompée dès la seconde semaine de notre mariage, si bien que j'y suis faite... N'est-ce pas, Nic ?... Cela ne l'empêche pas d'être jaloux comme un tigre... Alors, il y a deux hivers, il s'est mis en tête qu'un des jeunes gens qui étaient ici pour faire du ski me faisait la cour... Un soir qu'il était soûl, il a été persuadé que le jeune homme était dans ma chambre... Remarquez qu'il boit du matin au soir !... Il n'y a qu'à regarder ses yeux... Il a frappé à ma porte, vers une heure du matin... Il a déclenché un scandale... Il criait qu'il était armé, qu'il savait que j'étais avec mon amant et qu'il allait nous tuer tous les deux... Je ne voulais pas ouvrir... J'entendais bien qu'il frappait avec la crosse de son fusil... Les locataires n'osaient pas sortir de leur chambre... Vous imaginez comme cela fait du bien à la maison !... Tout à coup, il y a eu une détonation... Le coup était parti, tandis qu'il frappait toujours de la crosse, et c'est lui qui a reçu la décharge dans les jambes...

Nic, pendant ce temps, lançait des œillades au

commissaire, comme pour dire : « Ne faites pas attention !... Toutes les femmes sont les mêmes, pas vrai ?... »

Et il proposa à voix haute :

— Une petite quetsche, monsieur Labbé ? C'est ma tournée !...

— Une quetsche pour le commissaire si cela lui fait plaisir. Mais ce n'est pas la peine que tu en boives. Tu es déjà assez surexcité comme ça... Ha ! Ha ! Tu enrages, pas vrai, que M. Serge ait enlevé Gredel... Ose dire le contraire !... Ose dire que tu n'étais pas toujours derrière elle...

L'atmosphère poissait. On ne voyait rien à travers les vitres embuées. Il n'y avait que les géraniums, à l'intérieur, à jeter une note vive.

Vers midi, le pisteur revint, pour l'apéritif, en secouant son caban. Peut-être espérait-il une conversation avec le commissaire ?

Il se montrait inquiet. Il était plus pâle que d'habitude et il but deux anis coup sur coup.

A trois heures, coup de téléphone de Paris.

— Police italienne signale toujours présence du Commodore au *Tivoli Palace* de Venise... S'est inscrit sous le nom de Boris Morotzov... Papiers en règle à ce nom... Arrestation impossible, étant donné qu'on n'a aucune charge contre lui...

M. Labbé s'en alla à pied, avec l'imperméable que Nic lui avait prêté. Il eut de la peine à grimper le chemin visqueux, transformé par endroits en torrent, conduisant au chalet. Il trouva la barrière ouverte, comme elle l'était d'habitude. Il s'engagea dans l'allée et frappa à la porte.

— Entrez...

Une bouffée chaude. Comme éclairage, les hautes flammes d'un feu de bûches luttant contre le demi-jour livide.

Près du foyer, Mme Meurice qui achevait une blouse bleue pour sa fille et, sur un tabouret bas, celle-ci qui répétait à mi-voix les mots d'anglais qu'elle lisait dans un livre.

La chaleur mettait le sang aux joues. Le commissaire fut gêné de son vêtement ruisselant d'eau, de ses chaussures boueuses.

— Veuillez m'excuser, madame... Je suis désolé de faire ainsi irruption chez vous... J'appartiens au Service des Recherches de la Sûreté générale...

Elle lui désigna une chaise, d'un geste las.

— M. Serge, que vous connaissez, a disparu la nuit dernière, et je voudrais vous demander la permission de vous poser quelques questions à son sujet...

Un sourire triste.

— Je vous écoute...

La jeune fille fixait sur le visiteur un regard fiévreux.

— Puis-je vous demander dans quelles circonstances vous avez fait sa connaissance ?

Les branches enflammées crépitaient. Comme au *Relais d'Alsace*, les vitres embuées ne laissaient rien voir du dehors. Parfois un souffle de vent agitait les arbres de la forêt et c'était un grand murmure qui, un instant, étouffait tous les autres bruits.

— C'est très simple... Nous menons ici une existence solitaire... Il s'agit de soigner ma fille qui, comme son père, a les poumons très faibles...

— Je vais beaucoup mieux, maman... Le docteur a dit qu'à part un point humide en haut du poumon droit...

— Oui ! Elle va mieux. Mais il lui faut la montagne. Je n'ai pas voulu me séparer d'elle et la mettre dans un sanatorium... Un jour, voilà de cela un peu plus de cinq mois, un inconnu s'est présenté... M. Serge Morrow... Il s'est excusé... Il s'est montré très homme du monde... Il était confus, mais il me demandait la permission de pénétrer quelques minutes dans la maison, en m'affirmant qu'il y avait passé la plus grande partie de sa jeunesse... De cela, j'ai eu la preuve... Je dirais même qu'il connaissait le chalet mieux que moi... Entre autres, il a été très ému de retrouver cette horloge que vous voyez entre les deux fenêtres...

— Vous ne l'aviez jamais vu ?

— Jamais !... Je lui ai parlé de ma fille... Je lui ai dit qu'elle avait la poitrine faible... Et, tout de suite, il m'a parlé le langage de ceux qui ont eu maille à partir avec la tuberculose... Je ne sais pas si vous comprenez... Des petits riens... Il m'a demandé si elle avait des cavités ou des points humides... Il m'a avoué que, quand il était jeune, il était ici dans les mêmes conditions à peu près qu'Hélène... Une maman veuve qui le soignait... Je le voyais fort... Cela me donnait de l'espoir pour ma fille...

» Et c'est moi qui lui ai demandé de revenir... Nous nous sommes habituées à lui... Il nous rendait visite presque chaque jour... Il nous apportait des livres, des disques... Tenez ! c'est lui qui a donné les premières leçons d'anglais à Hélène...

Elle se tut.

— C'est tout ce que vous savez de lui ? questionna le commissaire.

Elle rougit.

— J'ai appris, comme tout le monde, les derniers événements... D'abord, je n'ai pas voulu croire aux racontars... Pourtant... Bien des choses m'avaient frappée... Et c'est justement ce qui m'avait séduite en lui... Il connaît tout... Il a voyagé partout... Il parle toutes les langues... J'ai quelques actions minières... Un jour, je lui en ai parlé et il m'a annoncé leur dégringolade en me conseillant de vendre... Une semaine plus tard, elles avaient perdu la moitié de leur valeur...

» Et pourtant il n'était pas riche !... Ses vêtements étaient râpés... Au début, nous avons même plaisanté, à cause de son caban verdâtre qui lui donnait l'air d'un moine...

» Il se montrait très discret... Tenez !... Jamais il n'a voulu prendre un repas ici, malgré nos invitations... On eût dit qu'il savait que notre situation était précaire, que pour vivre dans la montagne nous étions obligées de faire de grands sacrifices...

M. Labbé regarda la jeune fille avec embarras, balbutia avec gêne :

— Vous m'excuserez de vous demander s'il n'y avait pas de... de relations sentimentales...

La jeune femme rougit, mais évita de détourner le visage.

— Peut-être, peu à peu, est-il devenu un tout petit peu plus tendre... Mais jamais il ne s'est départi de sa réserve... Il était d'une correction absolue, au point que maintenant encore j'ai peine à croire que... Mais où est-il ?... Est-ce que... ?

— Il est parti cette nuit en compagnie d'une petite servante de l'auberge.

Mme Meurice ne dit rien, se contenta de baisser la tête sur son ouvrage. La jeune fille, au contraire, leva le menton, regarda le policier dans les yeux.

Un silence de quelques secondes.

Ce fut le commissaire qui le rompit, parce qu'il était pénible.

— Le souci de la vérité m'oblige à vous avouer qu'il n'est en tout cas pas un voleur ordinaire... Et, même s'il était resté à la Schlucht, j'aurais été bien embarrassé de l'inculper... Pour vous dire toute ma pensée, ou bien c'est le malfaiteur le plus étonnant de l'heure présente, c'est-à-dire le Commodore, ou bien c'est une victime...

— Vous croyez que... ?

— Deux dépêches, coup sur coup, me confirment la présence du Commodore à Venise. Sans quoi je jurerais...

— Qu'est-ce que c'est, le Commodore ?

— Un être d'exception, madame, comme il y en a quelques-uns de par le monde... Un être qui a de gros appétits, qui préfère les satisfaire en dehors de la légalité et qui, si vous voulez que je sois franc, tient tête à toutes les polices existantes... Un escroc, si on veut parler crûment... Mais un escroc dont les victimes elles-mêmes n'osent pas se plaindre... Un homme qui remue des millions, qui mène l'existence internationale d'un milliardaire... Un homme dont toutes les polices du monde possèdent la fiche et qu'aucune d'elles ne peut arrêter...

— Je ne comprends pas.

M. Labbé se laissait séduire par cette atmosphère de serre chaude. C'était, déjà à la fin de l'été, le charme de l'hiver, du chez-soi confortable et intime, tandis que le vent, dehors, secouait les sapins.

— Les lois ne sont pas parfaites... C'est, si vous voulez, un filet dont certaines mailles sont trop lâches... Or, il existe quelques hommes supérieurement doués, qui auraient pu réussir dans n'importe quelle carrière, et qui, par suite de circonstances ou de prédispositions spéciales, ont préféré les chemins défendus... Nous arrêtons les voleurs, les braconniers, les assassins vulgaires... Ces gens-là nous échappent presque toujours...

» Quand le Commodore vole trois ou quatre millions à Nice, nous ne pouvons rien contre lui, parce qu'il s'appelle Fleischman ou Morton, que ses papiers sont en règle et que toute la colonie américaine est prête à répondre pour lui...

» La victime elle-même refuse de porter plainte, plaide pour son voleur...

» Ils sont trois ou quatre, pas plus, de cette taille-là... Des êtres d'une intelligence remarquable... Ils auraient pu faire des banquiers d'envergure, des capitaines d'industrie...

» Nous sommes là à guetter leur première défaillance...

» On me signale que le Commodore est à Venise... Et je jurerais, moi, que cette nuit encore le Commodore était ici, sous le nom de Serge Morrow...

— Et pourtant il ne pouvait pas payer sa note d'hôtel !... riposta Mme Meurice, le sang aux joues.

— Je sais !

— Est-ce que les gens de cette trempe volent soixante mille francs dans une chambre ?

Le policier sentit peser sur lui le regard ennemi de la jeune fille.

— Ma conviction sincère est que Serge Morrow n'a pas volé ! N'empêche qu'il a tenté de restituer... C'est pourquoi, peut-être, je crois plus que jamais, en dépit de tout, qu'il est le Commodore...

— Mais vous avez dit que le Commodore est à Venise...

— Et après ?... Le croyez-vous moins intelligent que la police internationale ?...

Un mot de dépit, enfin :

— Et c'est l'habitude du Commodore d'enlever les servantes d'hôtel ?

— Il a fait ce qu'il a cru devoir faire...

M. Labbé parlait lentement, d'une voix grave. Il ajouta en se levant :

131

— Vous m'excuserez de vous avoir dérangée dans votre intimité, madame. J'en suis confus...

Il sentait très bien que la mère et la fille étaient dépitées de son départ, qu'elles eussent voulu encore parler de *lui*.

— Maintenant qu'il est parti... soupira Mme Meurice en essayant vainement d'être désinvolte.

— Avec Gredel !... ricana Hélène, qui rougit de ses propres paroles.

M. Labbé s'inclinait, le dos mouillé, les épaules ruisselantes, se dirigeait vers la porte.

— Encore une fois je vous demande pardon de...

L'huis était ouvert. Dehors, la pluie crépitait sur les marches de bois du perron et toutes les feuilles du jardin dégouttaient d'eau.

— Peut-être serai-je obligé de vous déranger à nouveau...

— Vous nous ferez le plus grand plaisir... répliqua Mme Meurice.

Et ce n'était pas seulement une formule de politesse. La preuve en était qu'elle était toute rose, qu'elle forçait son sourire.

— Ce n'est pas comme M. Serge qui, Commodore ou non, ne reviendra plus...

Un tout petit détail savoureux. La mère avait prononcé ces mots avec précipitation. Et c'était la fille qui lui lançait un regard de reproche, un regard où il y avait de la jalousie de femme à femme.

Quelques instants plus tard, M. Labbé descendait le sentier et était obligé de se retenir aux branches des arbustes pour ne pas s'étaler sur la terre visqueuse.

Quand il aperçut d'en haut le carrefour de la Schlucht, le pisteur, en caban, le capuchon sur les yeux, faisait les cent pas devant la pompe à essence.

10

Le coffret de plomb

La vie de la Schlucht ne resta pas plus longtemps troublée que la surface d'une mare qu'un caillou vient de rider de cercles concentriques.

Il est vrai que la pluie s'obstinait, une pluie drue et fluide de montagne, qui fermait l'horizon comme un mur. Nic, qui ne digérait pas sa mauvaise humeur et qui n'avait pas un seul client à qui tenir la conversation, jouait du phonographe pendant des heures et reportait sa colère sur Lena, comme si elle eût été responsable de la fugue de sa sœur.

Mme Keller, après avoir été un moment désemparée, profita de la situation pour entreprendre un grand nettoyage. Si bien que s'il y avait de l'eau dehors, à l'intérieur on butait dans les seaux et il régnait des odeurs d'eau de Javel et de pâte à astiquer les cuivres.

En face, comme Fredel vint le dire, les pensionnaires, enfermés au salon, jouaient au jacquet, aux dames, ou bien feuilletaient des heures durant de vieux numéros de *L'Illustration*.

A l'étonnement général, le commissaire Labbé restait là, comme si, pour lui, l'affaire n'eût pas été terminée. Et le lendemain, vêtu de l'imperméable de l'aubergiste, il se rendit à nouveau au chalet où il eut un court entretien avec Mme Meurice.

Elle conclut le dialogue par un geste qui signifiait : « Si vous voulez... »

Et dès lors, pendant des heures entières, on le vit aller et venir dans le jardin, dans les remises et même dans les bois d'alentour. Hélène vint assister plusieurs fois à ses recherches.

— C'est vous qui pourriez le mieux m'aider, mademoiselle. Quand M. Serge habitait cette maison, il était jeune. J'ai tout lieu de croire que les bâtiments étaient les mêmes. Il devait jouer à l'entour, comme vous l'avez fait vous-même. Sans doute, plus tard, quand il est revenu à la Schlucht et qu'il a eu quelque chose à cacher, s'est-il souvenu de quelque recoin familier à son enfance...

» Par deux fois il a trouvé de l'argent à proximité du *Relais d'Alsace*. Et votre mère m'apprend qu'il a habité le chalet...

» Dites-moi... Il y a trois ou quatre ans, quand vous étiez encore petite fille, où aimiez-vous jouer ?...

Elle réfléchit gravement.

— Dans l'étable où sont les chèvres.

— Vous n'aviez jamais rien à cacher ?

— Non. Je me couchais près des bêtes.

Mais l'étable ne donna rien. C'est en vain que M. Labbé l'examina en détail, pouce de terrain par pouce de terrain.

— Vous ne vous amusiez pas dans la remise ?

— Non ! mais un de mes cousins, qui est venu passer huit jours avec nous, y était tout le temps.

M. Labbé ne s'énervait pas, ne se décourageait pas. A quatre heures de l'après-midi, il avait à peu près tout fouillé et pourtant, dégouttant d'eau, les pieds trempés, il gardait sa sérénité.

Quand Hélène vint voir à nouveau où en étaient ses recherches, il lui dit :

— La faute que j'ai commise, c'est de mettre un jeune garçon sur le même plan qu'une fillette. Il devait avoir d'autres jeux. C'était l'époque du grand succès des histoires de Peaux-Rouges et je parie qu'il construisait un camp quelque part. Est-ce que les enfants qui viennent dans la montagne, le dimanche, établissent un camp à proximité du chalet ?

— A la pierre plate, oui !

C'était à moins de cent mètres du jardin, dans un sous-bois si touffu qu'on avait quelque peine à s'y frayer un passage. Le sol était glissant. Dans un ravin peu profond, une source coulait et formait de nombreuses cascades.

— La pierre plate est un peu plus haut.

Il n'y avait pas besoin de la décrire. C'était bien une pierre plate, de plus d'un mètre carré, qui semblait avoir été taillée par la main de l'homme tant elle était régulière. Elle était posée à plat en travers du ruisseau qui formait sur elle une nappe d'eau limpide et qui, arrivé à son bord extrême, tombait comme un rideau d'une hauteur d'un mètre environ.

Tout autour, une mousse d'un vert tendre. Hélène Meurice suivait les faits et gestes de son compagnon d'un regard sérieux.

— Il y a presque toujours des boy-scouts à cette place.

Là même où M. Serge, presque à coup sûr, quarante ans plus tôt, avait joué au trappeur ou au Mohican ! On voyait mal à travers le rideau mouvant constitué par la cascade. Mais, en tendant le bras, M. Labbé constata que, comme il le pensait, il y avait une excavation sous la pierre.

L'excavation était trop petite pour permettre à un

homme de s'y cacher. Un enfant pouvait s'y blottir et avoir là des impressions de forêt vierge.

La main tâta les cloisons humides, moussues. Cela prit quelques minutes et quand le commissaire retira enfin son bras, il tenait un objet lourd à la main.

Il était trempé.

— A qui appartient ce terrain ? questionna-t-il.

— Il appartenait à maman, mais il a été vendu avec le chalet à M. Kampf. Nous en sommes quand même les locataires...

— Dans ce cas, nous ouvrirons le coffret chez vous.

C'était un coffret en plomb, de trente centimètres à peu près de long, de quinze de large. Des sangsues étaient encore collées à une de ses faces.

Dans le hall de la maison, il fallut allumer les lampes, bien qu'il ne fût pas six heures. Tout était couleur de pluie. Et la monotonie de ces gouttes d'eau qui, depuis quarante-huit heures, tombaient sans répit, se reflétait sur les visages, dans les gestes.

Mme Meurice assista à l'ouverture du coffret qui, au surplus, n'avait pas de serrure.

Il était presque vide. Trente et un billets de mille francs d'abord, jetés pêle-mêle. Au-dessous, une photographie qui représentait une femme vêtue à la mode de 1880, avec des manches à gigot, une toute petite ombrelle articulée, et qui, debout devant un faux décor de parc, tenait un gamin par la main.

La photographie était mauvaise, presque effacée. Il se dégageait, de la femme surtout, une prenante mélancolie. Elle était jeune. Elle avait des traits fins. Mais le sourire qu'elle adressait à l'appareil était d'une tristesse morbide.

Le garçon portait un costume marin, un grand chapeau de paille aux bords relevés.

Mme Meurice détourna la tête. Ne possédait-elle

pas, elle qui avait à peu près l'âge de cette femme, quelque photographie où elle souriait, tenant sa fille par la main ?

Peut-être, dans quarante ans, des gens la regarderaient-ils...

— C'est M. Serge, enfant, dit le commissaire. Du moins j'en jurerais.

Il restait un seul papier au fond du coffret, une photographie encore. Celle-ci n'était pas jaunie, ni cassée. C'était un portrait moderne et, après un rapide coup d'œil, Mme Meurice, rougissante, baissa les yeux.

Car le portrait était le sien.

— Si tout n'est pas expliqué, dans les événements de la Schlucht, du moins la plupart des faits sont-ils éclairés par le contenu de ce coffret, dit M. Labbé. M. Serge, qui a habité le chalet, revient dans le pays, pour une raison ou pour une autre. Il a cent mille francs avec lui et il les cache à un endroit qui a joué un grand rôle dans son enfance...

» Une première fois il a besoin d'argent. Ces cent mille francs doivent être une réserve à laquelle il ne comptait pas toucher, car il attend jusqu'à la dernière minute, peut-être des fonds qu'on devait lui envoyer par ailleurs...

» Il prétexte un voyage à Munster... Il vient ici la nuit et il prend quelques billets de mille...

» Un vol est commis la même nuit et on l'accuse de ce vol. Quand il s'aperçoit qu'il ne pourra pas prouver son innocence, il vient rechercher de l'argent, soixante billets cette fois, et il s'arrange pour que cet argent soit retrouvé au *Grand Hôtel*...

— Vous croyez qu'il n'a pas volé ?

— Je crois qu'il n'a pas volé ! murmura le policier en refermant le coffret.

Et il brusqua son départ, comme s'il craignait de devoir donner des explications.

Quand il arriva à l'hôtel, un long télégramme chiffré l'attendait. Il alla s'asseoir dans un coin pour le traduire. Lena vint lui demander s'il voulait boire quelque chose.

— Un grog, oui !

A première vue, il avait déchiffré plusieurs fois le mot Commodore. Mais ce ne fut que le crayon à la main qu'il mit enfin en clair :

Police italienne signale présence Venise sosie du Commodore inscrit hôtel sous nom Serge Morrow et accompagné jeune femme. Stop. Les deux hommes ont eu entrevue. Stop. Vivent dans même palace. Stop. Police italienne demande si doit continuer surveillance. Stop. Attendons télégramme urgence. Stop.
Sûreté Paris.

Troisième jour de pluie. Nic était d'une humeur massacrante et on l'entendait à chaque instant crier sur Lena ou sur le chef.

Dans l'après-midi, on vit la Packard se ranger en face du *Grand Hôtel* et une heure plus tard Mme Van de Laer y prenait place, revenait une heure et demie après, ce qui indiquait qu'elle n'avait pas été plus loin que Munster.

Lena pleurait dix fois par jour, tout à coup, en servant un verre de bière ou en épluchant des légumes, et c'était le prétexte pour une nouvelle colère de Nic.

A trois heures de l'après-midi, le facteur arriva, trempé, de la boue jusqu'à son capuchon, le vélo englué, et tira un nouveau télégramme de sa sacoche.

Retrouvé grand canal Venise cadavre Commodore. Stop. Attendons détails.

Puis encore un grand vide, des heures de pluie, de grisaille, avec des vitres troubles et le vernis des tables qui se couvrait d'humidité.

Nic buvait beaucoup, essayait à tout moment de faire accepter un verre à son seul pensionnaire, car l'ingénieur Herzfeld était parti en congé pour cinq jours.

On vit passer la voiture du brasseur, dont la capote avachie formait des poches pleines d'eau. Mais Kampf ne s'arrêta pas, gagna le chalet, passa à nouveau, en sens inverse, une heure plus tard.

On avait l'impression, pour avancer, de devoir enfoncer un mur opaque d'humidité. Des fenêtres s'ouvraient un instant au *Grand Hôtel*. Des locataires montraient des visages lugubres.

Télégramme de six heures :

Cadavre Commodore porte cicatrice au nez. Stop. Sosie inscrit sous le nom de Morrow disparu en compagnie jeune femme. Stop. Aucune trace violence sur corps. Stop. Police italienne a intention conclure suicide.

M. Labbé ne parla de rien. Il était sombre. Il téléphona à Paris pour s'assurer qu'aucune affaire urgente ne l'y appelait.

— Vous restez encore quelques jours ? lui demanda Mme Keller en lui adressant un sourire engageant.

— Je ne sais pas... Peut-être...

Avait-il deviné la vérité quant au vol commis dans l'appartement Van de Laer ? N'avait-il qu'un pressentiment ? Toujours est-il qu'il observait le pisteur d'en face d'une façon toute particulière, au point que Fredel, gêné par ce regard, évitait maintenant de venir trois ou quatre fois par jour boire son verre de vin d'Alsace.

Télégramme de neuf heures du soir, apporté par courrier spécial de Gérardmer :

On croit que Morrow est passé d'Italie en Suisse à bord grosse voiture italienne. Stop. Attendons confirmation police fédérale.

Ce fut la soirée la plus morne. M. Labbé n'allait pas se coucher. Il n'adressait la parole à personne. Nic lisait un journal alsacien en buvant de la quetsche. Mme Keller attendait, les deux coudes sur la caisse, le regard perdu dans le vague. Et Lena, les yeux larmoyants, essuyait les tables.

A onze heures, il n'y avait plus que Nic dans un coin, le commissaire dans un autre.

A minuit enfin, M. Labbé se levait en soupirant, grommelait un vague bonsoir et montait dans sa chambre.

Le vent avait redoublé de violence. L'aubergiste avait dit en dînant :

— Une belle nuit de tempête ! Mais peut-être cela chassera-t-il enfin les nuages...

Cette pluie, ce vent avaient fatigué tout le monde. Mais une fatigue nerveuse, qui ne procurait qu'un sommeil pénible, entrecoupé de réveils brusques.

M. Labbé dormit tard. Il ne descendit qu'à neuf heures du matin.

— Pas encore de télégramme pour moi ?

Lena lavait les vitres à grande eau. La route était encore mouillée. Sous les arbres, on voyait des branches cassées et des feuilles d'un vert sombre.

— Rien. Mais il paraît que la route de Gérardmer

est coupée. Un sapin qui s'est abattu en travers. On est en train de dégager le passage.

Ce n'était pas encore le beau temps. Le ciel restait gris, mais d'un gris plus lumineux.

— Si le soleil arrive à percer avant midi, nous serons tranquilles...

Il ne perça que quelques minutes, vers onze heures, juste le temps pour Mme Van de Laer de se montrer à sa fenêtre, en costume de nuit de soie saumon.

La route séchait par plaques. En face, le pisteur installait à nouveau les parasols et à onze heures et demie le Hollandais s'assit dans un fauteuil de paille, commanda un whisky et ouvrit les journaux d'Amsterdam que le facteur venait de lui apporter.

Quand l'événement se produisit, il était exactement midi moins dix. M. Labbé, qui avait entendu arriver une auto, était sur le seuil du *Relais d'Alsace* et regardait M. Kampf qui, tout congestionné, se penchait sur une de ses roues dont le pneu était crevé. Nic était déjà au milieu de la route, en veste blanche, appuyé sur ses béquilles, et il allait sans doute donner des conseils au brasseur.

Lena essuyait les tables et les chaises de la terrasse. M. Van de Laer lisait toujours.

En se redressant, M. Kampf appela :

— Fredel !... Hé ! Fredel... Viens voir ici...

Un moment d'hésitation de la part du pisteur qui était tourné vers la route de Gérardmer.

— Eh bien ! vas-tu arriver ?

Non ! il n'arrivait pas. Il écoutait. On commençait à percevoir un ronronnement très doux de moteur. Or, la plupart des voitures, pour grimper la côte de treize kilomètres, doivent se mettre en première, ce qui déclenche un vacarme.

M. Kampf, debout, tenait ses mains sales loin du corps, par crainte de tacher ses vêtements.

— Qu'est-ce qui te prend ?

Déjà Fredel se précipitait. Dans un murmure régulier d'aspiration d'air une auto achevait de monter la côte. On voyait se profiler au tournant un capot jaune citron, des ailes noires, un radiateur aux nickels éblouissants...

Puis une voiture plus longue et plus souple encore que la Packard des Van de Laer qui, précisément, était arrêtée devant la pompe à essence.

Le chauffeur en fut ahuri, se retourna vers les nouveaux arrivants. M. Van de Laer leva la tête par-dessus son journal. Nic prononça avec admiration :

— Mince !

Fredel courait au-devant de l'auto qui, dans un glissement silencieux, venait se ranger devant le perron du *Grand Hôtel*. Mais, avant qu'il eût pu toucher à la portière, un chauffeur en livrée claire à parements jaunes, du même jaune que la carrosserie, sortait du spider, se précipitait.

On distinguait mal les deux personnes assises à l'avant. Des gants en peau de porc sur le volant. Un complet gris mastic.

A côté, une jeune femme qui tournait la tête dans tous les sens comme une girouette.

La fenêtre de Mme Van de Laer s'ouvrit à nouveau et un buste se pencha.

Le chauffeur avait enfin ouvert la portière. Il se tenait au garde-à-vous, tout raide. Un homme descendait, tendait la main à sa compagne.

C'était l'arrivée de grand style, comme la Schlucht n'en connaît que par hasard, deux ou trois fois par an. Déjà la propriétaire elle-même était à la porte. Les serveuses avaient le visage collé aux vitres.

La Packard, avec sa carrosserie sombre, était éclipsée par la nouvelle voiture qui avait un mètre de plus et dont le jaune éclatait sur la route.

Le voyageur dit quelques mots à son chauffeur, qui s'inclina.

— Ce n'est pas possible !... grommela Nic.

Et Lena, laissant tomber son torchon, criait d'une voix angoissée :

— Gredel !... Gredel !...

La femme était toute petite, toute menue près de son compagnon qui, sans regarder personne, se dirigeait maintenant vers le perron de l'hôtel. Elle portait un manteau vert olive. Elle avait à la main un grand sac en peau de serpent. Ses mains étaient gantées d'un vert plus sombre, assorti à la toilette.

Elle remuait toujours la tête. Elle essayait de se tourner vers le *Relais d'Alsace*, mais son compagnon l'entraînait.

Ce fut tout. Ils étaient à l'intérieur. L'homme disait :

— Vous me donnerez tout le premier étage.

Et cet homme était M. Serge ! Tout le monde l'avait reconnu. Le brasseur, cramoisi, suffoquait littéralement, en oubliait son pneu crevé. Nic Keller, aussi vite que le lui permettaient ses béquilles, courait chercher sa femme.

La fenêtre de Mme Van de Laer se refermait avec un claquement sec.

Et le pisteur, un peu à l'écart, regardait hargneusement la voiture.

Elle était neuve. Pas un détail qui ne fût fastueux. Elle n'avait pas besoin d'étiquette pour que le premier venu reconnût une auto de cinq cent mille francs.

Le carrefour en était comme figé. Lena s'était mise à sangloter de plus belle et avait ramassé son torchon dont elle s'essuyait les yeux. M. Kampf, rageur, hurlait :

— Eh bien ! Fredel. Est-ce que tu te décideras à venir quand on t'appelle ?

La porte du *Grand Hôtel* s'ouvrit. On vit la propriétaire qui s'adressait au Hollandais, celui-ci qui hésitait et qui la suivait enfin à l'intérieur.

On ne connut les détails de leur conversation que par la suite, par la téléphoniste qui était dans le bureau.

— Puis-je vous demander combien de temps vous comptez encore rester ici, monsieur Van de Laer ?

— Quatre ou cinq jours.

— Excusez-moi. Mais, dans ce cas, je suis obligée de vous prier de bien vouloir prendre le même appartement que le vôtre, à l'étage au-dessus...

Il s'étonna, protesta.

— On me loue tout le premier étage pour deux mois, payés d'avance... Je vous assure que les chambres sont exactement les mêmes au second. Ces personnes sont pressées. Dès que madame sera habillée, si vous n'y voyez pas d'inconvénient, les femmes de chambre feront le déménagement. Vous n'aurez pas besoin de vous déranger...

Et, dans le salon où ils étaient seuls, M. Serge disait à Gredel qui, le visage mal barbouillé de fard, avait les yeux humides :

— Du cran, petite ! Est-ce ce que tu m'avais promis ?

— C'est à cause de Lena... Je... Je ne sais pas... Je...

Et elle se jeta sur la poitrine de l'homme pour pleurer.

Un quart d'heure plus tard, dans l'escalier, les femmes de chambre se suivaient en file indienne, transportant les valises, les nécessaires de toilette, les vêtements des Hollandais qu'on exilait là-haut, comme des parents pauvres.

Et Nouchi, rageuse, les traits tirés, le regard dur, entreprenait son mari :

— Qu'est-ce que cela signifie ? Vous vous laissez mener par cet aventurier ?

M. Van de Laer baissait la tête, balbutiait, en homme ennemi des complications :

— Il a loué pour deux mois ! Il est naturel que cette femme...

— Et si j'exigeais que vous louiez pour trois mois, pour quatre, pour un an ?...

M. Labbé fumait tranquillement son voltigeur, adossé à la porte du *Relais d'Alsace*.

11

Un homme en moins

On dut enfermer dans sa chambre Lena qui, en proie à une véritable frénésie, voulait absolument rejoindre sa sœur au *Grand Hôtel*. Si bien que ce fut Mme Keller qui servit le déjeuner.

Nic était assis à la table voisine du brasseur. Et celui-ci était furibond. Il n'avait pas pu faire réparer son pneu. Après avoir mangé, il devrait s'atteler lui-même à cette désagréable besogne.

Il n'y avait que M. Labbé à garder sa sérénité et ce n'était pas sans en indisposer les autres à son égard.

— C'est la fin de tout ! Un homme que nous avons vu ici avec des vêtements usés jusqu'à la trame ! Un homme qui ne pouvait pas payer sa pension...

— Et qui serait mieux à sa place au bagne !

Et M. Kampf d'ajouter en lançant au commissaire un regard menaçant :

— Heureusement que ce n'est pas fini ! Un de mes meilleurs amis est député. Dès demain, il sera saisi de l'affaire. Est-ce que Gredel a encore ses parents ?...

— Malheureusement non ! Toutes les deux sont orphelines.

— Parce qu'il s'agit d'un véritable enlèvement de mineure...

La voiture contournait le *Grand Hôtel* pour pénétrer au garage. Toutes les fenêtres du premier étage s'ouvraient, afin d'aérer les chambres pour les nouveaux locataires.

— Je serais tout de même curieux de savoir où il a volé cette voiture ! grogna M. Kampf. Des autos qu'on ne devrait pas laisser circuler sur les routes ! Non seulement c'est un danger pour tous les autres véhicules, mais c'est une insulte aux travailleurs...

La sienne était toujours en travers, sur le chemin, à cause de son pneu crevé, et le vent gonflait la capote, menaçait de l'arracher.

M. Labbé mangeait en silence, le regard rivé au sol, devant lui. Son repas fini, il se leva, fit les cent pas en attendant que l'horloge marquât trois heures.

Le déjeuner devait être terminé en face. Il prit le coffret de plomb sous son bras, traversa la route, pénétra au *Grand Hôtel*.

— Sous quel nom le nouveau locataire est-il inscrit ?

— Sous le nom de Serge Morrow.

Et la propriétaire, inquiète quand même :

— Il ne va pas y avoir de nouvelles histoires, je suppose ? Déjà Mme Van de Laer a annoncé que si ces gens mangeaient dans la même salle qu'elle elle s'en irait immédiatement. Mais non ! ils ont demandé eux-mêmes à être servis à part.

— Ils ont déjeuné ?

— Ils sont en train de prendre le café et les liqueurs. Je n'ai pas mal fait, n'est-ce pas, en les... ?

C'était le propre salon de la propriétaire qu'on avait transformé en salle à manger. Les fauteuils s'y trouvaient toujours. M. Serge, installé dans l'un d'eux, fumait un havane, en regardant à travers ses cils mi-clos sa compagne qui mangeait une pêche.

— Entrez ! se contenta-t-il de dire au commissaire.

Mais il ne se leva pas, ne tendit pas la main ; par contre il désigna, non un fauteuil, mais une chaise.

Pourquoi paraissait-il plus grand ? Ses traits étaient très calmes. Ses moindres gestes avaient une aisance remarquable.

— Vous avez quand même trouvé le coffret ?

Pauvre Gredel ! Elle n'osait pas regarder le visiteur. Elle semblait mal à l'aise dans sa jolie robe. Et un grand coiffeur avait donné à ses cheveux un pli inaccoutumé qui transformait le visage.

Elle avait l'air d'une poupée. D'une poupée mal articulée ! Elle mangeait sa pêche et n'arrivait pas à se servir correctement de son couteau, se troublait, donnait sans le vouloir des coups de lame sur l'assiette.

— Va m'attendre là-haut, petite.

C'était affectueux, mais distant. Le ton était plein de condescendance attendrie.

— Tâche de dormir un peu.

Et il sonna le garçon.

— Laissez les liqueurs sur la table. Apportez un verre et la caisse de cigares.

Il attendit que ses ordres fussent exécutés, que Gredel fût partie, la porte refermée. Puis il regarda le commissaire dans les yeux, calmement, prononça :

— Vous avez quelque chose à me dire ?

— D'abord à vous rendre ce coffret qui, je crois, vous appartient.

M. Serge désigna la table d'une main molle, signifiant ainsi que son interlocuteur n'avait qu'à y déposer l'objet.

— C'est tout ?

La pièce était petite, la tapisserie de ce goût moderne

que l'on trouve dans tous les hôtels neufs, les meubles de seconde qualité. Et il y avait un faible soleil qui ruisselait sur les vitres.

— Il est bien entendu, soupira M. Serge, que tous mes papiers sont en règle. Je suis M. Serge Morrow, administrateur d'une dizaine de sociétés, et il est inutile de chercher une irrégularité quelconque dans mes passeports.

Il parlait avec une certaine lassitude.

— Vous êtes toujours ici pour le Commodore ?

Il se leva soudain et montra une silhouette beaucoup plus énergique que celle qu'on connaissait. Il se dirigea vers la porte, l'ouvrit brusquement, s'assura qu'il n'y avait personne derrière, la referma avec soin.

— Vous n'avez pas de mandat d'arrêt, n'est-ce pas ? Au surplus, cela ne servirait de rien. Il n'y a aucune plainte contre moi. Cent personnes haut placées se porteront garantes de l'honorabilité de M. Serge Morrow. Vous tombez bien ! Mais si !... Vous êtes un brave bonhomme, commissaire !... Un brave petit bonhomme que l'État paie deux mille six cents francs par mois et qui lui en donne pour beaucoup plus que cet argent...

Et cette condescendance, ce ton protecteur n'avaient rien de choquant, tant il y avait soudain de différence entre les deux hommes.

— Je dis que vous tombez bien parce que, pour la seconde fois de ma vie, peut-être, j'ai envie de faire des confidences. Nous sommes en tête à tête. Il est bien évident que tout ce que vous pourriez aller répéter ensuite, je le nierais. Vous n'arriveriez qu'à perdre votre situation. Mais oui !... J'en ai fait casser deux, parmi vos meilleurs collègues...

» Votre intention est vraiment de me rendre cette boîte de plomb ? Je ne vous demande qu'une photographie : celle d'une jeune femme et d'un enfant... Le reste...

Il feignait l'indifférence, mais il n'en poussa pas moins un soupir.

— Chartreuse, armagnac, fine ?...

Il versa deux pleins verres d'armagnac.

— Est-ce qu'on vous a télégraphié que le Commodore est mort ?... Très bien !... Non ! ne me demandez pas mon véritable nom... Vous avez appris que j'ai passé une partie de mon enfance au chalet... C'est tout !... La plus minutieuse enquête ne vous en fera pas découvrir davantage... Personne n'a besoin de savoir qui est le Commodore... A quoi, au surplus, cela avancerait-il ?...

» Vous en savez presque autant que moi sur lui, pas vrai ?...

» Les millions escroqués à des gens qui, d'ailleurs, en avaient de trop... Et qui voulaient en gagner davantage encore !...

» C'est d'autre chose que je voudrais vous parler... A votre santé... D'une petite partie de ma vie à laquelle vous avez été mêlé...

» Vous n'avez jamais été riche... C'est dommage !... La police devrait avoir à sa disposition des gens qui ont occupé toutes les situations, pour qu'ils comprennent...

» Relisez vos fiches... Le Commodore gagne trois millions à Prague, cinq à Berlin, deux à Budapest... Et ainsi de suite, pendant vingt ans...

» On l'envie ! On se dit que c'est le plus heureux des hommes...

» Puis, un beau jour, le Commodore, qui en a assez, vient faire un petit tour dans un pays dont il a gardé un souvenir attendri...

» Vous dites ?... Rien ?... Vous ne buvez pas !... Un

cigare ?... Je crois que la maison me les compte trente francs pièce... Et cela me rappelle un mégot que j'ai ramassé un jour, quand j'avais vingt et un ans... Jamais, depuis, je n'ai retrouvé pareil plaisir à fumer...

» Non !... Taisez-vous... Un homme qui a appris par expérience que tout s'achète, qui a mené la vie la plus aventureuse et qui a peut-être, au fond de lui-même, une âme de petit-bourgeois...

» Alors, c'est en petit-bourgeois qu'il vient ici... Il a trouvé quelque part un vague sosie... Une idée à creuser, d'ailleurs !... Chacun a au monde un ou plusieurs sosies... Il suffit de les chercher... Imaginez le malfaiteur intelligent ayant à sa disposition trois ou quatre individus qui lui ressemblent parfaitement !... Non seulement il est imprenable, mais il peut tout entreprendre...

» Je n'en voulais qu'un... Je l'ai dressé... Un garçon qui paraissait sérieux, que j'ai tiré de la misère la plus noire...

» Je lui dis :

» — Pendant un temps indéterminé, tu seras le Commodore... Voici la méthode... Tu en seras quitte pour m'envoyer quatre mille francs tous les mois, à telle adresse...

» Je réservais l'avenir... Je voulais, en cas de déception, pouvoir reprendre ma place...

» J'arrive ici avec cent mille francs que j'apporte à tout hasard et que je cache là où, tout gosse, je jouais à l'Indien...

» Un mois... Deux mois... Pas d'auto ! Pas de domestiques !... Le *Relais d'Alsace* et sa vie simple... Et le chalet, où je retrouve mieux que le reflet de mon enfance... Une jeune femme, une maman comme la mienne était jadis... Une gamine...

» Le plaisir de marcher des heures durant dans la montagne, de boire, de manger... Des joies limpides, qu'on n'achète pas...

» Et le plaisir plus subtil, plus enveloppant, là-bas, au chalet, de la compagnie d'une femme... Ne vous y trompez pas !... Nous ne nous sommes jamais rien dit... C'est moi qui ai cru... Moi qui ai espéré...

» L'homme qui me remplace, là-bas, dans ma vie aventureuse, oublie de m'envoyer l'argent convenu... Ou plutôt il n'oublie pas... Je lui ai demandé de jouer un rôle... Il le prend au sérieux... Il est le Commodore !... Tant pis pour l'ancien, n'est-ce pas ?...

» Les quelques milliers de francs que je vais chercher à ma réserve... Le vol, la nuit même... Et cette Nouchi qui a été ma maîtresse, à Budapest, qui m'a aidé à escroquer son mari d'alors et que j'ai laissé tomber par la suite...

» Elle se venge... On m'accuse d'un misérable petit forfait comme je n'en ai jamais commis... Je ne suis plus le Commodore !... Je suis M. Serge, un pauvre type qui a volé soixante mille francs...

» On m'épie... On me regarde de travers...

» J'avais rêvé d'une autre vie, au chalet...

» Idiot, pas vrai ?... Au chalet, c'est tout juste si on ne me met pas à la porte...

Il s'animait. Il trancha :

— Et c'est bien fait !... Vous ne pouvez pas comprendre !... On n'a pas de ces lâchetés-là !... Quand on a choisi une route, on la suit, et on ne regarde pas les chemins de traverse avec envie... Le Commodore transformé en petit-bourgeois !... Du coup, ses ailes sont coupées !... L'imbécile de complice, là-bas, croit que c'est arrivé et garde tout le gâteau pour lui seul...

Ici, un Nic se permet de se mettre en travers de ma route...

» Le Commodore qui vient sauver la veuve et sa fille des griffes de M. Kampf ?...

» Allons donc !

» C'est tout... Le Commodore est redevenu le Commodore... Il est devant vous, commissaire, et il vous défie de l'inculper de quoi que ce soit !... Voilà !

Le ton était net.

— Je ne suis revenu que pour vous dire cela, que pour montrer le Commodore à ces gens qui ont traité M. Serge avec dédain...

— Peut-être aussi pour reprendre deux photographies... murmura lentement M. Labbé.

— Une !

— Dans ce cas, je déchire l'autre ?

Il fit mine de lacérer le portrait de Mme Meurice.

— Si vous voulez !

— Non ! Je ne suis pas assez méchant. Mais vous rendez-vous compte, vous, de ce que vous faites de Gredel ?

Ce fut le Commodore qui répondit, le sceptique, l'aventurier.

— Savez-vous de qui elle était la maîtresse ? Du pisteur !... Savez-vous qui, alors qu'elle avait quatorze ans, a voulu faire d'elle une femme ?... Nic !... Moi, entre nous, je ne l'ai pas touchée... Je ne la toucherai sans doute jamais, parce que je ne la désire même pas !... Une pauvre petite...

— Qui est simplement votre vengeance !

— ... Une pauvre petite à qui je donnerai deux cent mille francs, demain ou la semaine prochaine, pour faire ce qui lui plaira...

C'était d'une amertume infinie.

— Les deux cent mille francs que vous voudriez donner à une autre... insinua M. Labbé.

Et, brusquement, la question, jaillissant des lèvres du Commodore :

— Qu'est-ce qu'elles ont dit ?

— Rien !... M. Kampf est ici, avec un pneu crevé...

M. Serge ricana, se versa à nouveau de l'armagnac.

— Il l'épousera... Sans doute, cela vaut-il mieux...

Un silence.

— C'était trop beau !... Comme un paysage de carte postale...

— Pardon !... Un des deux Commodores est mort, à Venise... On l'a retrouvé dans le canal...

— Vous savez déjà ?

— Et l'autre a repris sa place... Ce qui veut dire...

— Ce qui veut dire, monsieur Labbé, qu'un homme ne change pas son fusil d'épaule à cinquante ans... Nous sommes toujours entre quatre murs... Demain, je nierai tout ce que vous pourrez répéter de cette conversation... Un être a essayé, un jour, par lassitude, de se faire un petit coin à lui dans le monde... Et c'est dans ce petit coin qu'il a rencontré les plus grands obstacles !... Parce qu'il n'était plus bien habillé, parce qu'il ne pilotait plus une huit cylindres, parce qu'il ne commandait plus d'un ton hautain...

» Alors il est revenu avec sa voiture, avec ses millions... Tenez !... Voulez-vous que demain Mme Van de Laer parte avec moi ?...

L'accent était plus douloureux qu'orgueilleux.

— Bilan, trancha une voix sèche, la sienne, qui devenait métallique : un homme dans le canal !... La police italienne conclut au suicide... Tout à l'heure, monsieur Labbé, nous redeviendrons des adversaires... C'est ce que j'ai voulu !... Que la lutte soit chaude, au moins ! Qu'elle soit assez passionnante pour me donner une raison de vivre...

Et il sortit, sans un mot de plus. Dans le fameux appartement aux trois portes, Gredel dormait, la jupe relevée sur une jambe aux attaches trop fortes que des bas de soie naturelle gainaient pour la première fois.

Dans l'encadrement de la fenêtre, par-delà la verdure des arbres, le toit du chalet.

M. Serge sonna.

— Faites monter la patronne !

Et, comme elle se présentait, respectueuse et effrayée :

— Nous partons dans une heure.

— Mais...

— Je paie quand même la pension pour deux mois. Envoyez-moi le pisteur...

Les volets étaient baissés. La chambre était dans la pénombre. Gredel, sur le lit, jambes découvertes, dormait toujours.

Fredel se montra, rougissant, dans l'encadrement de la porte.

Alors, M. Serge, crispé, comme un homme qui essaie en vain de se contenir, lui lança sa main au visage.

— C'est tout ! dit-il aussitôt. Voici cent francs pour toi ! Va-t'en...

Il lui ferma la porte au nez et l'autre ne comprit jamais que cette gifle-là, c'était le prix, non des cent francs, mais d'une fin de vie ratée.

M. Kampf ricana quand, vers quatre heures, il vit la voiture démarrer.

— Il fait mieux de partir ! grommela-t-il.

Et Mme Van de Laer, de sa fenêtre du second étage, suivait Gredel des yeux avec envie.

Quant à Nic, il soupirait :

— Du bluff ! Il a voulu nous montrer sa voiture. Et Gredel, qui a bien enlaidi...

Un ronronnement à peine perceptible. L'auto, déjà, disparaissait au tournant.

Composition réalisée par Nord Compo

Achevé d'imprimer en septembre 2010, en France sur Presse Offset par
Maury-Imprimeur - 45330 Malesherbes
N° d'imprimeur : 157008
Dépôt légal 1re publication : mai 2003
Édition 03 - septembre 2010
LIBRAIRIE GÉNÉRALE FRANÇAISE - 31, rue de Fleurus - 75278 Paris Cedex 06

31/4301/3